予知夢・目次 contents

初出誌
夢想る——オール讀物一九九八年十一月号
霊視る——　〃　一九九九年二月号
騒霊ぐ——　〃　一九九九年四月号
絞殺る——　〃　一九九九年九月号
予知る——　〃　二〇〇〇年一月号

単行本
二〇〇〇年六月　文藝春秋刊

文春文庫

予《よ》知《ち》夢《む》

定価はカバーに
表示してあります

2003年8月10日　第1刷

著　者　東《ひがし》野《の》圭《けい》吾《ご》

発行者　白川浩司

発行所　株式会社 文藝春秋

東京都千代田区紀尾井町3-23　〒102-8008
TEL 03・3265・1211
文藝春秋ホームページ　http://www.bunshun.co.jp
文春ウェブ文庫　http://www.bunshunplaza.com

落丁、乱丁本は、お手数ですが小社営業部宛お送り下さい。送料小社負担でお取替致します。

印刷・凸版印刷　製本・加藤製本　Printed in Japan
ISBN4-16-711008-3

予知夢

第一章　夢想る

ゆめみる

1

屋敷の周りにはレンガ作りの高い塀が巡らされていたが、それを乗り越えるのは造作のないことだった。男は車で来ていた。家で使っている軽トラックだ。荷台に上がれば、たやすく塀に足をかけられた。そのままためらわずに侵入する。

敷地は広く、屋敷は大きい。詳しい間取りを男は知らなかった。知っているのは、レミの部屋がどこにあるか、だけだ。しかしそれで十分といえた。

屋敷の明かりはすべて消えている。灯《とも》っているのは庭をほんのりと照らす常夜灯だけだ。その淡い光を避けて男は移動した。屋敷の南側に出た。こちらにも庭がある。芝生が張ってあり、ゴルフ練習用のネットが隅に設けられていた。屋敷の主《あるじ》はゴルフ好きなのだろう。屋敷の主――すなわちレミの父親だ。

壁にぴったりとくっつけるように物置が据えられていた。背の高い物置だ。スキー板でも難なく入れられるだろう。

男は物置のそばに立って、屋敷を見上げた。すぐ上にバルコニーがある。そこまで行けばレミに会える。

物置の屋根に両手をかけ、懸垂の要領で身体を上げた。足をかけ、屋根に上る。金属の軋《きし》む音がしたが、さほど大きくはない。

屋根の上に立つと、バルコニーがすぐ目の前にあった。男は胸の高鳴りを覚えた。あの窓の向こうで、レミは今頃何をしているのだろう。

男はバルコニーの柵に手をかけた。猿のようにぶらさがり、雨樋の金具に足を載せたりして、バルコニーによじ登った。彼は器械体操の経験があった。それが何年ぶりかで役に立った。

部屋のほうを向いた。カーテンがぴったりと閉じられている。

男は掃き出し窓に手をかけた。軽く横に力を入れてみると、すっと開いた。彼は安堵の吐息をついた。レミ、やはり君は待っていてくれたんだね――。

窓を数十センチ開けると、彼は靴を脱ぎ、カーテンをくぐって室内に足を踏み入れた。カーペットの感触が靴下を通して伝わってくる。それだけで彼は感動していた。ついにあのレミの部屋にやってきたのだ。

彼は室内を見渡した。広さは十畳ほどあるだろうか。本棚、ライティングビューロー、アップライトのピアノといったものが、薄闇の中に見える。

そして彼の目はセミダブルのベッドを捉えた。その上では、彼が夢想し続けた娘が、柔らかそうな布団に包まれて眠っていた。

いや、と彼は思った。

本当に眠っているのかどうかはわからないぞ。彼女は僕が来たことに気づいているのかもしれない。気づいていて、眠ったふりをしているのかもしれない。

彼は一歩二歩とベッドに近づいた。花のような香りが漂ってきた。彼はうっとりした。

レミは目を閉じている。何と美しい。彼女の美しさは闇の中でもはっきりとわかった。高貴な存在のそばにいるのだという感覚が湧き上がってくる。

彼は心の震えを自覚した。

彼は右手を伸ばしていった。彼女の頬に触れようとした。そうすればすべてが始まるのだと信じていた。彼女は目を覚まし、彼を見てにっこりする。あなた、やっぱり来てくれたのね——。

今まさに指先が頰に触れようとする時だった。空気の動く気配がした。彼は後ろを振り返った。ドアが開き、誰かが立っていた。

「レミから離れてっ」激しい口調でいった。その相手は手に何か持っていた。黒光りする長い銃身が彼の目に飛び込んできた。

彼はあわててベッドから離れた。相手が銃を構えるのが見えた。

彼はバルコニーに飛び出した。さらに物置に向かって飛び降りた。ほぼ同時に銃声がし、彼の後方で窓ガラスが砕け散った。

ガラスの破片を浴びながら、彼は心の中で叫んでいた。レミ、なぜなんだ——。

2

煙草をくわえ、マッチで火をつけた。マッチの燃えかすを灰皿に捨てようとして、その手を止めた。灰皿に吸いかけの煙草が一本載っていた。まだ一センチほどしか吸っていない。ほんの一分ほど前に自分が置いたものだということを草薙俊介は思い出した。

隣に座っていた牧田がくすくす笑った。

「草薙さん、相当疲れているみたいですね」

草薙は灰皿に入っていたほうの煙草の火を揉み消した。

「身体はそんなに疲れてないんだよ。だけど、なんかこう、気分が乗らないんだ。一体俺は何をやってるんだ、少しは意味のあることをやってるのかいって気になる」

「それはまあ、俺も同様ですよ」牧田はコーヒーカップを傾けた。「だけど、これも仕事のうちですから」

「いいねえ。人間ができている。俺にはいえない台詞《せりふ》だ」

「そうですか」

「いいことを教えてやるよ」草薙は牧田のほうに顔を寄せた。「人間ができているのは、まだ刑事になって日が浅いからだ。この稼業を長く続けていると、だんだんと人間が壊れていく。うちの係長を見てりゃあわかるだろ」

牧田は吹き出した。

「草薙さんもかなり壊れちゃったわけですか」

「ああ、壊れたね。早いところ異動させてくれないと社会復帰できなくなる」

ウェイトレスが通りかかったので、草薙は水のおかわりを要求した。ウェイトレスは、ちょっと怪訝《けげん》そうな顔をした。彼がコーヒーには全く手をつけず、水ばかりおかわりしているからだろう。

コーヒーカップに中身が入っているうちは、喫茶店でどんなに長居をしても追い出されることはない、というのが彼の持論だった。これから現れる相手によっては、その必要があるかもしれないと思っていた。

「あっ、あの人じゃないですか」喫茶店の入り口を指して牧田がいった。

ポロシャツにジーンズという出で立ちの男が入ってきたところだった。小脇に鞄を抱えている。二十七歳という年齢の割に落ち着いて見えるのは、七三に分けた髪形のせいだろう。

男は店内を見回してから、草薙たちに視線を固定した。他に刑事二人連れと思われる客はいなかった。家族連れとアベック、それから高校生のグループだけだった。

「中本さんですか」近づいてきた男に草薙は訊いた。

ええ、と男は頷《うなず》いた。緊張して見えるのは、相手が刑事だと思っているからだろう。

「お電話を差し上げた草薙です。こちらは同僚の牧田刑事です。お休みのところ、どうも申し訳ありません」草薙は立ち上がり、頭を下げながらいった。今日は土曜日だった。

「いえ、出かけるついでがありましたから」そういって中本は席についた。ウェイトレスが近づいてきたので、彼はコーヒーを注文した。

「ゴルフの練習とか？」

草薙が訊くと、中本は虚をつかれたような顔をした。

「どうしてわかりました」

「左手です。右手が真っ黒に日焼けしているのに、そっちは殆ど焼けていない。かなりやっておられると踏みました」

「これでしたか。妹からは、みっともないとかいわれるんですよ」中本は左手をテーブルの下に隠し、照れたような笑いを見せた。緊張はずいぶんとほぐれたようだ。

「我々と会うことは御家族には？」

「話してません。昔の同級生が事件を起こして、その件で刑事さんと会うなんてことをいったら、たぶん余計な心配をすると思いますから」

「かもしれませんね」草薙は頷いた。「電話でも申し上げましたように、中本さんに御迷惑がかかることは決してありません。我々としては、例のものを見せていただければいいんです」

「ええ、わかっています。ちゃんと持ってきました」中本は鞄を膝の上に載せた。中から一冊のサイン帳を取り出し、テーブルに置いた。「どうぞ御覧になってください。例のところには付箋を付けておきました」

「ありがとうございます。拝見します」草薙はサイン帳を手に取った。

古いサイン帳だった。チェック柄の固い表紙がついている。ほかの頁にも少し興味があったが、まずは黄色い付箋の付けられたところを草薙は開いた。

ほう、と彼は思わず声を漏らした。「なかなか奇麗な絵ですね」

「あいつは絵が上手かったですから」中本がいった。

その頁には人形の絵が色鉛筆で描かれていた。少女の人形だ。髪が栗色で目が青いということは、外人の女の子らしい。裾に白いひらひらのついた赤色のワンピースを着ている。靴も赤だ。靴下は白。

人形の横にサインペンで、『中学に行ってもよろしく！　坂木信彦』とある。だが最も草薙の気を引いたのは、隅に書かれた小さな相合い傘のマークだった。傘の下には坂木信彦という名前と森崎礼美という名前が並んでいた。

「ありますね、たしかに」草薙はテーブルの上にサイン帳を広げて置いた。そして相合い傘のマークを指す。「ここに」

「そうでしょう」中本は笑いながら答えた。複雑な笑みだった。

「中本さんも、この名前の主が誰かは聞いておられないのですね」

「未来の恋人だという説明でした。誰が尋ねても、坂木はそうとしか答えませんでした。こういう名前の女の子は周りにいなかったし、そもそも森崎という名字すら、誰も聞いたことがなかった。だからまあ、あいつが勝手に作った名前なんだろうと私なんかは解釈していました」

「これが書かれたのは、間違いなく小学校六年の時ですね」

「そうです。卒業間際にクラスのみんなに書いてもらったんです」

「その後、このサイン帳はどうされてましたか」

「ずっと押入の段ボール箱の中でした。これを探すついでに押入の整理ができましたよ」

コーヒーが運ばれてきた。中本はブラックのまま旨そうに啜《すす》った。

「中本さんが坂木容疑者と親しくしていたのは、その頃だけですか」

「親しいというほどではなかったですよ。小学校の五年と六年で同じクラスだっただけです。中学では一度も同じクラスになりませんでした。高校は別だったので、中学卒業以後は顔を合わせることもなかったですね」

「ではその二年間の記憶の範囲で結構ですが、彼はどういう子供でしたか」

「よく覚えてませんね。その未来の恋人の話だけは、妙にくっきりと記憶に残っているんですが。まあ、早い話が変わった奴でした。あまりみんなと遊ばなかったし、学校以外の場所で会うこともなかったです」

「いじめられっ子だったとか、自閉気味だったとか」

「さあ」中本は苦笑した。「今ふうの言い方をすれば、そういうこともあったかもしれませんが、当時はそんなことを意識していませんのでね」

でしょうね、というしかなかった。

草薙は牧田のほうを見た。何か質問はないか、と目で尋ねてみた。後輩刑事は首を振り、目で答えてきた。この局面で何を訊けというんですか――。

「あの」中本が口を開いた。「新聞で見たんですけど、あれは本当なんですか。坂木が侵入した家が森崎さんという家で、そこの娘さんの名前が――」

「待ってください」草薙は掌《てのひら》を出して制した。「いろいろと御質問なさりたいことはあると思います。しかし事件が終結するまでは、捜査については話せないきまりでしてね」

「あ……はあ、そうなんですか」中本は頭を掻いた。

「これはお預かりしてよろしいでしょうか」サイン帳を閉じて、草薙は訊いた。

「ええ、結構です」

「すみません。確認が済めば、すぐにお返しします」

「いや、別にいいですよ。それほど大事なものでもないし」中本はそういってまたコーヒーを啜った。

喫茶店を出ると、草薙はサイン帳を牧田に渡した。

「これを持って、先に捜査本部に戻っていてくれ。坂木の実家から押収した、子供の頃のノートだとかメモがあっただろう。あれと筆跡を照合するんだ。まあ、俺がこんなことをいわなくても、誰かが指示するだろうけどさ」

「草薙さんはこれからどちらに？」

「俺はちょっと寄り道する」

「寄り道？　係長がぼやきますよ」牧田はにやにやした。

「ガリレオのところに行ったといってくれ。そうしたら、ぼやかないさ」

「ああ、湯川先生の」牧田は納得した顔で頷いた。「わかりました」

「また理系オンチのことをからかわれそうだ。うんざりする」

「期待していますとお伝えください」そういって牧田は駅に向かって歩きだした。

3

一週間前のことだ。世田谷で轢《ひ》き逃げ事件が発生したという知らせが警視庁に入った。ところがよく調べてみると、単なる交通事故でないことが判明した。犯人はその直前に、轢き逃げ現場から徒歩数分のところにある屋敷に侵入していたのだ。

森崎という家だ。世帯主は輸入品販売会社社長の森崎敏夫で、妻の由美子、女子高に通う一人娘の礼美と三人暮らしをしている。ところが事件発生の夜、森崎敏夫は仕事でシンガポールにいた。

由美子の証言によれば、深夜二時頃、何かの物音で目が覚めたらしい。耳をすませると、誰かがバルコニーにいる気配がした。バルコニーは、二階にある三つの部屋を繋いでいる。夫妻の寝室の二つ隣に礼美の部屋がある。

ガラス窓が開けられる音を聞き、彼女は何者かが娘の部屋に侵入しようとしていることを察知した。そこで彼女は迷わず、ベッドの下に手を入れた。

そこに猟銃が隠してあったからだ。

猟銃は森崎敏夫が所有しているものである。大学時代に射撃部に入っていた彼は、卒業後も狩猟を趣味の一つにしていた。

もちろんいつもベッドの下に置いてあるわけではない。敏夫が長期出張する時の習慣である。万一の時にはこれで防衛するようにと、最低限の扱い方を由美子は教わっていたらしい。彼女はその指示を忠実に守ったのだ。

猟銃を構えて礼美の部屋に入ると、一人の男がベッドのそばに立ち、礼美に何かしようとするところだった。由美子は咄嗟《とっさ》に何か叫んだ。その声で男はあわてて逃げ出した。由美子は猟銃の引き金を引いたが、それは男がバルコニーから飛び降りた後だった。男は軽トラックで来ていた。それに乗って逃走する途中、近所の住民をはねたというわけだった。

犯人は間もなく逮捕された。江東区に住む、坂木信彦という二十七歳の男だった。家業の電気工事業を手伝っている。軽トラックは、その商売道具だった。

坂木はこの二か月あまり、森崎礼美につきまとっていた。それで警察官から心当たりがないかと質問された時、礼美は即座に彼の名前を出したのだ。坂木の住所はすぐに判明した。彼女宛てに何通も手紙が来ており、そこに住所が明記されていたからである。殆どの手紙は捨てたということだったが、一通だけ残っていたのが捜査陣にとっては幸いした。

捜査員は即座に坂木の家に出向いた。坂木は自室にこもっていた。観念していたのだろう、捜査員が問いただすと、あっさりと犯行を認めた。

簡単な事件だったな——この時点では誰もがそう思った。

草薙が自分の車を運転し、帝都大学の門をくぐったのは、牧田と別れてから約三十分後だった。一番奥にある駐車場に車を止め、古い学舎に入っていった。理工学部物理学科の学舎だ。第十三研究室は三階にある。

階段を上がり、部屋に近づいていくと、どこからか号令のような声が聞こえてきた。どうやら、「オーエス、オーエス」といっているようだ。しかもそれは第十三研究室から聞こえてくる。

草薙は首を傾《かし》げながらドアをノックした。ところが何の反応もない。というより、ノックの音がかき消されている。

彼はドアを開いた。目の前に信じられない光景があった。部屋の中の机や椅子がすべて壁際に寄せられ、中央で大勢の学生たちが綱引きをしているのだった。学生の数は両チーム合わせて二十人以上いそうだ。

湯川学はすぐ前にいた。白衣姿でパイプ椅子に座り、学生たちを眺めている。

草薙が見ている前で、向かって右側のチームが勝った。全員かなり疲れているようで、肩で息をしている者もいる。

草薙は湯川の肩を叩いた。若き助教授は振り向き、白い歯を見せた。「やあ」

「何をしているんだ」

「見ればわかるだろう。綱引きだ」

「それはわかるけど、何のために」

「簡単な物理の実験だよ。名付けて綱引き必勝法」

「ええ？」

「ようし」湯川は手をぱんぱんと叩きながら立ち上がった。「ゲストが現れたから、もうひと勝負しよう。全員並んで綱を持ってくれ」

えー、またですかあ、と学生たちはぼやきながら綱を持って位置についた。

湯川は草薙のほうを向いた。「せっかくだからゲームをしよう。どちらが勝つか予想してみてくれ」

「えっ、難しいな」

「勘と経験で決めてくれ」

「そうだな」草薙は両チームを見比べた。体格も殆ど同じように見えた。それでも先程の結果を思い出して、右側のチームを指した。「じゃ、こっちにしよう」

「オーケー、じゃあもし彼等が勝ったら、僕が全員にジュースを奢《おご》ってやろう。ただし負けたら君が相手チームに奢るんだ」

「ああ、いいだろう」

「彼等に何かアドバイスすることはあるかい？」

「アドバイス？」

「そう。たとえば、足を広げろとか、身体を後ろに反らせとかさ」

「ああ、そうだな」草薙は学生たちを見て考えた。昔、運動会で綱引きをする時、担任の教師からいわれたことを思い出した。「まず大事なことは、腰を落とすことだな」

「ほう、腰を落とすわけか」湯川は腕組みをし、感心したようにいう。

「そうだ。腰を落として踏ん張ることが肝心だ。突っ立ってたんじゃ、強く引けない」

「なるほど。ちょっと見本を見せてやってくれ。どれぐらい落とせばいい」

「どれぐらいって、そりゃあ、できるだけ低くだよ」

草薙は尻が床に触れるほどに腰を落とし、綱を引く格好をした。

「わかったかい、学生諸君。今、彼が見本を見せてくれたような姿勢で引くんだ。くれぐれもアドバイスを無視しないようにな。さあ、腰を落として綱を持ってくれ」

湯川の言葉に右側チームの選手たちは、苦笑しながらいわれたとおりにした。どことなくがっかりしているようにも見えた。

「もう一方のチームにアドバイスは？」湯川が訊いてきた。

「特にない。好きにやってくれ」

「じゃあさっき君がいった、だめな姿勢をとらせることにしよう」

湯川は左側のチームには、やや腰高に構えさせた。草薙の目には、不安定な姿勢に見えた。これでは勝負は明らかだと思った。

「よし、じゃあ試合開始だ。両者とも構えて。用意……ワン、ツー、スリー、スタート」

湯川のかけ声で試合が始まった。両チームとも懸命に引っ張る。ところが意外なことに、右側のチームがすぐにずるずると前に引きずられ始めた。

「腰を落とせ、腰を落とせ」草薙は大声で指示を出した。

だが声援空しく右側チームはあっさりと負けてしまった。

湯川が振り返って笑った。「ジュース代を忘れるなよ」

「どうせおまえの差し金だろ。わざと負けさせたんだ」

「そう思うかい？」

「違うのか」

「ひとつ訊くが、なぜ腰を落とすといいと思ったんだ」

「そりゃあ、そのほうが安定するからだ。安定して、踏ん張りやすい」

ところが湯川は首を振った。

「逆だよ。綱引きでは姿勢の高いほうが踏ん張りやすいんだ」

「まさか」

「考えてみろよ、高いところにあるものを引っ張る時より、低いところにあるものを引っ張る時のほうが、足が地面に強く押しつけられるだろう。専門的には垂直抗力が増えるという。その結果最大摩擦力が大きくなる。つまり踏ん張りがきくわけだ。相手の高さが変わらないとなれば、こちらが姿勢を高くすればいいということになる」

おわかりかな、と湯川はいった。

草薙は頭の中で彼のいった言葉を反芻してみた。だが軽い頭痛が襲ってきただけだ。彼は首をゆらゆらと振った。「俺はもう運動会に出る予定はない」

湯川は声を出さずに笑った。草薙の肩をぽんと一つ叩き、学生たちのほうを見た。

「部屋を片づけておいてくれ。僕は彼ともう少し物理談義をしてくる」

4

「大した事件じゃないのかもしれない。犯人は捕まっている。自供もしている。証拠もある。とりあえず必要なものは全部揃っている」屋上の金網にもたれ、草薙はいった。

「いいじゃないか、そういうことは珍しいんだろ？　幸運を素直に喜べばいい」

湯川は隅に置いてあった軟式テニス用のボールとラケットで壁打ちを始めた。バドミントン部のエースだっただけにラケットの扱いには慣れているらしく、なかなか見事な腕前だった。ボールは壁のほぼ同じ部分に当たっている。

「ただ、一つだけ気に入らないことがある」草薙はいった。

「何だい」

「動機だ」

「動機？」湯川はラケットを止めた。跳ね返ってきたボールは、そのまま転がっていった。「わからんな。なぜ動機が問題になるんだ。犯人の目的は憧れの女性を相手に性欲を満たすことだった――それでいいんじゃないのか」

「それはそうなんだけど、犯人がなぜあの娘を狙ったかという点が問題なんだ。まず、その娘の名前は森崎礼美というんだけどさ」

「名前なんかには別に興味はないが」

「いや、今度の事件じゃ、名前は極めて重要なんだ。犯人坂木信彦は、ここ二か月、森崎礼美のことを追いかけ回していたらしいが、そのきっかけは彼女の名前にあった」

「昔ふられた女性と同姓同名だった、とか？」

「いいセンだけど、少し違う。犯人の坂木信彦はこういってるんだ。彼女と自分とは結ばれる運命にある。そのことは十七年も前から決まっていた――」

草薙の言葉に、湯川は大きく口を開けて笑った。

「ひと昔前によくあったくどき文句じゃないか。君と僕とは結ばれる運命にある、この運命には逆らえないってやつだ。今時、そんな古風なことをいう人間もいるんだな」

「俺たちだって最初は笑ったさ。だけど奴の話を聞くうちに、だんだん笑えなくなってきた」草薙は上着のポケットから写真を一枚取り出して、それを湯川のほうに差し出した。

「何だい、これは」湯川は写真を見て眉を寄せた。「作文の一部のようだな」

「坂木が小学校四年の時に書いたものらしい。タイトルは『僕の夢』だ。内容は、自分が将来結婚する女の子の夢を見た、というものだ。そして彼女の名前はモリサキレミ。写真をよく見てくれ。モリサキレミと片仮名で書いてあるだろう」

「たしかにそう読めるな」湯川は頷いていった。笑いは消えていた。

「家族にも確認してみた。すると本人がいっていることに間違いはないというんだな。子供の頃からずっと、坂木はいずれ自分が森崎礼美という女性と結ばれるといい続けてきたらしい。それを裏づけるものは、その作文のほかにもいろいろと残されていた。さっき小学生時代の同級生とも会ってきたんだけど、坂木の言葉に嘘はないようだった」

例のサイン帳の話を草薙はした。湯川はラケットを持ったまま腕組みをした。

「二十七歳までそんな夢を抱き続けていたというのも相当異常な話だな。おまけに、全く同じ名前の娘と出会ってしまったわけか」

「ちょっとしたきっかけで、森崎礼美という女子高生がいることを知ったらしい。それからは誰も手がつけられない状態だった。電話はかける、手紙は出す、登下校時に待ち伏せするといった具合だった。森崎礼美は怖がって、最近では外出したがらなかったそうだ」

「ストーカーというやつか」

「あの種の人間は、自分が嫌われているという自覚がないから始末が悪い。坂木によれば、彼女はまだ子供だから、大人になるまで自分が守ってやるつもりだったらしい」

やれやれ、と湯川は首を振った。「お互いにとって、不幸な偶然だったわけだ」

「問題はそこなんだ。なあ、そういう偶然ってあると思うか」

「それはつまり、子供の頃に夢で見た名前の女性に十七年後に巡り会うという偶然があるか、という意味かい」

「もちろんそうだ」

「あるんだろ」湯川はあっさりといった。「事実、あったんだから仕方がない」

「だけどさ、森崎礼美だぜ。これがヤマモトヨシコとかだったら偶然で済まされると思うけど、モリサキレミ――あり得るかなあ」

「偶然でなきゃ、何なんだ」

「わからない。それで頭を悩ませている」

「おい、まさか、その謎を僕に解いてくれとかいうんじゃないだろうな」

「その、まさか、なんだ」草薙は湯川の肩に手を置いた。なるべく真剣な眼差しをして彼の顔を見た。「俺たち刑事は、この手の話には弱いんだ。頼む、知恵を貸してくれ」

「僕だって強いわけじゃない」

「だけど前に幽体離脱の謎を解いたじゃないか。あの要領でいいんだ」

「あれは物理現象だった。今回のは心理の謎だろ。分野外だよ」

「じゃあ予知夢とか正夢ってのを信じるのか。それはおまえらしくないんじゃないか」

「そんなものを信じるとはいってない。単なる偶然だといっている」

「偶然にしちゃ、できすぎだよ」

「何だ。偶然だとまずいのかい」

「まずくはないけど、偶然かどうかってのは、大きな問題なんだ」

「どういうことだ」

「まず第一にマスコミがうるさい。夢のお告げだとか、輪廻《りんね》だとか、くだらないオカルト趣味の餌食になることは間違いない。じつをいうと、すでに嗅ぎつけられている。近々、テレビあたりで取り上げられるだろう」

「そりゃあ楽しみだ」いっこうに楽しそうでもない顔で湯川はいった。

「第二に、裁判に関わってくる。今のままだと、奴の弁護士が精神異常を主張することはまず間違いない」

「だろうな」湯川は頷いた。「僕が弁護士でもそうする。それに話を聞いたかぎりでは、実際異常だと思う」

「だけど何かからくりがあるとしたらどうだ。単純に、精神異常では片づけられないかもしれない」

「からくりって？」

「だからそれを考えてほしい」

草薙の言葉に、湯川は苦笑した。スマッシュするように軟式テニスのラケットを縦にスイングすると、何か思いついた顔で草薙を見た。

「偶然でなければ必然だ。その坂木という男が十七年前に森崎礼美という名前を知っていたということは、その頃に彼女と会ったことがあるということになる」

「それは俺たち刑事も考えた。だけどありえない。森崎礼美は現在十六歳だ。当時はまだ生まれてもいない。第一、坂木と森崎家に接点はなかった。十歳の坂木が世田谷に行く用事なんかなかっただろうしな」

「その可能性を否定されたのでは、お手上げだな」湯川はラケットを持ったまま両手を上げた。

「おまえにそんなことをいわれたんじゃ、どうしようもないなあ」草薙は頭をかきむしった。「やっぱり偶然かな。奴は単なる妄想狂ということか。招待状のこともあるしな」

「招待……何のことだ」

「招待はあの夜、森崎礼美に招待されたといってるんだよ。部屋で待っているから来てくれという内容の手紙を貰ったというんだ。もちろん礼美は否定している」

「ふうん……」

湯川は金網に近づき、じっと遠くの景色を眺めていた。無論眺めているように見えるだけで、頭の中では様々な思考が巡らされているに違いなかった。

やがて彼は草薙のほうを振り返った。「とりあえず、その相合い傘を書いたサイン帳というのを見せてもらおうか」

「係長に連絡するよ」と草薙はいった。

5

サイン帳を閉じ、湯川はため息をついた。右手で頬杖をつき、左の人差し指で会議机をとんとんとんと叩いた。彼の前には坂木のノート、作文、手帳などがあった。いずれにも森崎礼美という名前が最低一つは書かれている。

世田谷署内の一室である。ここには坂木信彦の『予知夢』に関する資料が置かれていた。この部屋に入ってくるのは草薙と牧田ぐらいだ。ほかの捜査員は、事件は解決したと思っているし、そもそも最初から予知夢に無関心だ。民間人である湯川を入れるのにさほど手間取らなかったのも、そういった理由があるからだった。

「どう思う？」草薙は訊いてみた。

「不思議だな」湯川は答えた。「不思議としかいいようがない」

「やっぱり偶然と考えるしかないか」

「いや、違うと思う。この資料を見ているうちに、偶然とは考えにくくなってきた。架空の人物にこれほど執着できる人間がいるということ自体レアケースなのに、同姓同名の人物が存在するなんて出来すぎている」

「だけど、説明がつかないだろ？」

「今のところはね」湯川は机の上をもう一度見渡した。「質問だが、森崎礼美という名前はどこから出てきたものだ？」

「だからそれは坂木が夢で見たといっている」

「そうじゃなくて、実在人物のほうだ。礼美という名前を付けたのは父親か」

「いや、母親だといってた」

「間違いないな」

「たしかだ。じつをいうと、坂木から予知夢の話を聞いた後、すぐに森崎家に行っていて質問してみたんだ。名前の由来についても、その時に訊いた」

草薙が森崎家を訪ねた時には、主の敏夫も在宅していた。事件のことを聞いて、あわてて帰国したという。敏夫は終始鬼のような形相で、犯人を極刑にしろと喚《わめ》き続けていた。

草薙は森崎夫妻と礼美に坂木の予知夢のことを話し、何か思い当たることはないかと尋ねてみた。怒りで額まで真っ赤にした敏夫は、当然頭から否定する。

「予知夢だなんて、そんな馬鹿なことがあってたまるか。しかも礼美と結ばれる夢だと？　何という身の程知らずな。少しでも情状酌量してもらいたくて、いかにも純真そうなことをほざいているだけだ。昔のノートに名前が書いてある？　そんなことあてになるか。礼美のことを知ってから書いたに決まっている」

この敏夫の説が成り立たないことは明白である。坂木が本当に十七年前から森崎礼美という名前を知っていたことは、様々な客観的事実が証明している。中本のサイン帳もその一つとなった。

草薙は森崎夫妻に、礼美という名前は誰がどのようにして付けたのかと尋ねてみた。これには由美子が答えた。

「私が病院のベッドの中で考えました。てっきり男だと思い込んでいたので、女の子の名前は用意していなかったものですから」

由美子は日本的な顔だちの痩せた女性だった。物腰も言葉遣いも上品で、か弱そうにさえ見える。猟銃を構える姿は想像しにくかった。

「名前を付けるにあたり、何か参考にされたものはあるんですか。たとえば姓名判断の本とか」

草薙の質問に、由美子は首を振った。

「そういったものは見ませんでした。礼儀正しい子になってくれればいいと思って、礼美とつけました」

「誰かに相談されましたか」

「いいえ、主人から、任せるといわれておりましたので」

「いい名前でしょう。礼美。私は気に入ってるんです」敏夫は力強くいった。

最後に草薙は礼美に意見を求めてみた。礼美は由美子とは対照的に、彫りの深い顔立ちをしている。目も大きく、将来はとんでもない美女になるのではないかと予感させた。

「どういうことかさっぱりわかりません。とにかく気持ち悪くって……。今度の事件では、あたし、ずっと眠っていたからよかったですけど、もしも途中で目が覚めて、あの男がそばにいることに気づいてたらと思うと……鳥肌が立っちゃいます」実際彼女はひどく怯《おび》えていた。小刻みに震えるのがわかった。そんな娘の手を、由美子がしっかりと握っていた。

「逃げる途中で人を轢き殺したんでしょう？　死刑にすりゃあいいんだ」敏夫がもう一度いった。

「ふうん、事件の時、本人は眠っていたわけか」草薙の話を聞き終えると、湯川はまずそういった。

「母親の由美子が猟銃を撃って窓ガラスが割れた。その音で目を覚ましたということだった。何が起きたのかわからなかったそうだ」

湯川は腕組みをして、何事か考え込む表情をした。そこへ牧田が入ってきた。紙コップ入りのコーヒーを三つ、トレイに載せて持っていた。

「いかがですか」牧田がにこやかに訊く。

「ガリレオ先生も、今回はお手上げのようだ」草薙はコップを二つ取り、一つを湯川の前に置いた。

「招待状というのを見せてもらえるかな」湯川が訊いた。「犯人が、森崎礼美から受け取ったという手紙だ」

「ああ、現物はないけど、コピーならここにある」草薙は乱雑に積み上げられた資料の中からファイルを一冊取り出し、湯川の前で広げた。「これだ」

「ワープロで書いてあるんだな」

「事件の前日に郵送されてきたと坂木はいっている。たしかに封筒も残っているし、切手に消印も押されているが、宛名も差出人の欄もワープロ書きだ。森崎礼美が出したものだという証拠は何もない。坂木が自分で書いて自分宛てに投函したか、奴の森崎礼美への執着ぶりを知っている第三者が悪戯《いたずら》目的でやったかのどちらかだろう」

「悪戯はわかるが、自分宛てに出す理由があるかい」

「知らんよ、そんなこと。あいつならそういう変なこともやりそうだってことだ」

湯川はちょっと首を傾げてその文面に目を落としていた。

その手紙には以下のように書いてあった。

『坂木信彦様
いつも私のことを見守ってくださってありがとう。それなのにあなたのお気持ちにこたえられず、心苦しく思っています。

一度ゆっくりとお会いしたいと思います。でも外で会うわけにはいきません。

私の部屋に来てください。明日の夜、部屋の窓を開けておきます。物置に上れば、簡単に入れると思います。

こっそりと入ってきてください。父は留守ですが、母はおりますので。　　礼美』

湯川は顔を上げた。

「この手紙を真に受けて部屋に忍び込んだ、と坂木はいっているわけだな」

「そういうことだ。全く馬鹿げてるよな」

だが湯川は何もいわず、紙コップのコーヒーを飲んだ。眼鏡の向こうの目が、宙の一点を見つめている。

その目が草薙のほうに向けられた。「江東区っていったかな」

「えっ？」

「坂木の家だよ。江東区っていったよな」

「ああ、そうだけど」

「よし」湯川は立ち上がった。「ちょっと行ってみよう」

「えっ、坂木の家に行くのか？　今から？」

「こんなところで悩んでたって、何も答えは出ない。答えがあるとしたら、坂木の子供時代だろう」そういってから湯川は草薙の顔を見た。「それとも、僕のような素人を容疑者の家族に会わせるわけにはいかないかい？　それならば、このまま帰らせてもらう。僕もいろいろと忙しいのでね」

この男がこういう言い方をした時には、何らかの手がかりを摑んでいるということを、草薙はこれまでの経験で知っていた。彼は頷いた。

「わかった。上には俺が話をつける」そして牧田を見た。「俺の車を署の前に持ってきておいてくれ」

6

「一九一四年のある日、バルカン半島の司祭が夢を見た。自分の書斎のテーブルに黒枠の手紙が載っている夢だった」助手席で湯川が話し始めた。坂木信彦の家に向かう途中のことである。「その手紙はオーストリア・ハンガリア帝国の大公から送られてきたもので、文面は、自分と妻はサラエボで政治犯罪の犠牲になりました、というものだった。翌日この司祭は、サラエボで大公夫妻が暗殺された知らせを聞いた」

後部座席の牧田が、へええ、と感心したような声を出した。

「本当の話なんですか、それ」

「本当だといわれている。詳しいことは知らないがね。とにかく予知夢に関するエピソードは、昔からうんざりするほどある。その多くはたぶん偶然だろう。だけど中には偶然とはいいきれないものもたくさんある。そしてそれらは大抵、十分に説明が可能なんだ。たとえば今の司祭の話は、こういう具合に解釈できないだろうか。世情が不安な中、司祭は大公夫妻のことを心配していた。殺されるおそれがあると心のどこかで思っていた。それでその潜在的な思いが夢となって現れた」

「ははあ、それなら納得できますね」

「坂木が森崎礼美という名前を夢に見たのには、何かそれなりの理由があったはずだというのか」草薙は訊いた。

「そういうことだ」

「だけど、それがわかって何かの足しになるか？」

「それがわかれば、事件は解決じゃないかな」湯川はいった。「今とは全く別の解決になると思うがね」

「どういう意味だ」

「まあ、それは後のお楽しみだ」湯川は意味ありげに片側の頬だけで笑った。

坂木の家は葛西橋通りという幹線道路に面していた。三階建てで、一階が事務所兼倉庫になっている。もちろん今はシャッターがぴったりと閉じられていた。

「本当に、どうしてあんなことをいいだすようになったのか、私たちにもよくわからないんです。別に人様に迷惑をかけているわけでもないし、変な女にうつつをぬかされるよりはいいかと思ってほうってあったんですけど、まさかこんなことになってしまうなんて。全くもう、何と申し上げていいやら……」

坂木信彦の母、富子は、ハンカチを目に当てながらいった。事務所の一角で、草薙たちは彼女と向き合って座っている。父親は事件直後に倒れてしまい、そのまま寝込んでいるということだった。香奈子という信彦の実姉が手伝いに来ていた。

「息子さんが森崎礼美という名前を口にし始めたのは、小学四年生の頃だそうですね。その頃、何か変わったことはありませんでしたか」湯川が質問した。彼は大学の先生で、不思議な現象をいろいろと研究しているのだという説明を坂木親子にはしてあった。

「さあ……特に何もなかったと思うんですけど」母親は首を傾げた。

「森崎という名字に聞き覚えはありませんか。近くに住んでいたとか」

「それが、全然聞いたことがないんです。うちのお客さんにもいませんし、この近所にもいらっしゃらないと思いますよ。だから信彦がどうしてそういう名前を思いついたのか、不思議で仕方がないんです」

「当時息子さんは、どういうところに遊びに行ってましたか。よく出入りしていた店とか家とかで、覚えているところはありませんか」

湯川は訊くが、富子は顔をしかめて首を捻《ひね》るばかりだ。忘れている、というより、思い出せる精神状態ではないのだろう。

「その頃の息子さんのことがわかるものが何かありませんか。日記とかアルバムとか」

湯川の質問に、少し離れたところで話を聞いていた香奈子が、「アルバムならありますけど」と答えた。

「見せていただけますか」

「ええ。ちょっと待っていてください」香奈子は階段を上がっていった。

富子は膝の上で丁寧にハンカチを畳み始めた、ハンカチはぐっしょりと濡れていた。

「あのう、信彦はどのぐらいの罪になるんでしょうか」俯《うつむ》いたまま訊いた。

「それはまだわかりません」草薙が答えた。「家に忍び込んだだけならまだよかったのですが、その後の轢き逃げがね」

ああ、と富子は絶望の吐息をついた。「どうしてあの子がそんなことを……。優しい子なのに」

犯人の家族はみんなそういうんです、という台詞を草薙は飲み込んだ。

香奈子が下りてきた。手に青い表紙のアルバムを持っていた。「これですけど」

湯川はアルバムを受け取ると、膝の上で広げた。草薙は横から覗き込む。最初のページには男の赤ん坊が写っていた。裸で椅子に座らせている。

「小学四年生というと、どのあたりかな」ページをめくりながら湯川が呟く。

「いつ頃の写真か、メモしてあると思うんですけど」香奈子がいった。

たしかにところどころ、『信彦　幼稚園の卒園式』といった書き込みがされている。

湯川は『信彦　小学四年生』と書かれたページを開いた。運動会や遠足の時の写真が何枚か貼られていた。

「特に意味がありそうなものは見当たらないな」草薙はいった。

うん、と湯川も浮かない顔で頷く。

「当時の彼のことを一番よく知っているとなると、やっぱり友達ですか」草薙は富子と香奈子の顔を交互に見て訊いた。

「はあ……でも、昔からそんなに親しい友達というのはいなかったように思います」富子が答えた。

「そうなんですか」

「ええ。一人で遊ぶのが好きな子でしたから」

そういう感じだな、と草薙は合点して頷いた。

その時だった。湯川が草薙の脇腹をつついた。「おい、これを見ろ」

「なんだ」

「この写真だ」湯川は一枚の写真を指差した。その横には、『信彦　二年生の時』と書き込まれている。

「二年生って書いてあるぞ」

「いいからよく見ろよ」

示された写真に草薙は目を向けた。そこに写っているのは、道端に立っている幼い信彦だ。その彼が抱えているものを見て、草薙は目を見開いた。「あれっ、これは」

「思い出したかい」

「そりゃあ思い出すよ。あの人形だ」

例のサイン帳に描かれていた人形に間違いなかった。あれは坂木信彦が持っていたものだったのか。それにしても男の子が人形を持っているとは珍しい。

「これは何かの思い出の品ですか」湯川が坂木母娘に尋ねた。

「ああ、それはたしか」香奈子が思い出したらしい。「信彦が小さい頃、人に貰ったとかいって持って帰ってきたものです。おかあさんも覚えてるでしょ？」

「そんなもの、あったかしらねえ」富子は忘れているようだ。

「今でもあるんですか」と湯川が訊く。

「いえ、ありません」香奈子が断言した。「母が捨てちゃったんです。縁起が悪いとかいって」

「そうだったかしら」

「縁起が悪いって、どういうことですか」湯川がさらに質問した。

「この近くで女の子が車にはねられて亡くなったんです。人形はその女の子が大事にしていたものでした。信彦によれば、その子と公園でよく遊んでいたからって、その子のお父さんがくださったんだそうです」

ああ、と富子が頷いた。「そういえば、そんなことがあったわね」

「その女の子の名前はわかりますか」

香奈子はかぶりを振った。「全然覚えてません。たぶん元々聞いてないと思います」

湯川は頷き、少しの間、何か考えていた。彼の頭の中でどのような思考が渦巻いているのか、草薙には想像もつかない。やがて彼は顔を上げた。

「ありがとうございました。参考になりました」母娘に向かってそういうと、「行こう」と草薙を促した。


「人形の持ち主を探したいな」車に戻ってから湯川がいった。「何とか探せないか」

「それはまあ探せないことはないだろう。過去の交通事故の記録を調べればいい。だけど一体どういうことなんだ。説明してくれよ」

「まだはっきりと断言はできないが、あの人形が坂木の予知夢に関わっている可能性は高いと思う」

「死んだ女の子の霊が人形に宿ってたとか？」牧田が後ろから口を挟んだ。

するといつもならそういう話は相手にしないはずの湯川が、笑いもせずに頷いた。

「そうだね。そうかもしれない」

「おいおい、真面目に話せよ」

「もちろん真面目に話している」

「理由もわからず俺たちは動けない。交通事故の記録を調べるには、それなりの説明が必要なんだ」

草薙がいうと、湯川は正面を向いたまま、大きく深呼吸した。

「だったら無理にとはいわんよ。僕は別にどっちだっていい。予知夢の謎が解けようが、解けなかろうが」

「脅す気かよ」

「そんなつもりはない。僕にしても、今はまだ何もいえる段階じゃないということだ」

草薙はため息をついた。今、この男に降りられたら打つ手がない。

「わかった。何とか調べてみるよ」

「父親のこともな」

「父親？」

「坂木信彦に人形をやったのは、事故に遭った子の父親だって話だったじゃないか」

「そうだったな」

草薙は車を発進させた。人形に霊が乗り移ってなんて話になったら、上司たちはどんな顔をするだろうか。そのことを考えると、恐ろしくもあり、幾分楽しみでもあった。

それから二日後、草薙は湯川に電話をかけた。

「人形の持ち主がわかったぜ」

「よくやった、と褒めてやりたいところだけど、考えたらそれが君たちの仕事だからな」

「そう簡単な仕事でもなかったんだぜ。上への説明には苦労したし、古い事故記録だから調べるのも大変だったし」

「何もかも自分のためだろ。で、どうだった」

「結論からいうと、あてが外れた」

「ふうん、どのように」

「女の子の名前は桜井真子。森崎じゃないし、礼美でもなかった」

「そうか。それは残念」あっさりと彼はいった。

「さほど残念そうでもないな」

「根拠のない期待はしない主義でね。ところで父親のことは調べたか」

「一応な。事故当時、坂木家の近くに住んでいた。今は引っ越したようだ。職業はデザイナーとなっている」

「デザイナー？　洋服の？」

「いや、イラストとか本の装丁のほうらしい」

「すると、自宅で仕事をしていたわけだ」

「さあ、そこまではわからんが……それがどうかしたのか」

だが湯川は答えない。電話の向こうで考え込んでいるようだ。

「おい、湯川」草薙は焦《じ》れて呼びかけた。

「見えてきたよ」ようやく湯川がいった。

「見えてきたって、何が？」

「事件の輪郭だよ。これから草薙刑事がやるべきことは一つだな」

「何だ」

「交通事故が起きた当時のことを調べるんだ。女の子の父親がどういう生活をしていたか、可能なかぎり明らかにしてみてくれ。きっと森崎礼美という名前が出てくる」

一方的にいわれるだけでは、草薙としてはわけがわからない。

「いい加減にしろ。おまえ一人で納得してないで、そのうっすら見えてきたという輪郭を俺にも話したらどうなんだ。これは警察代表としての言葉だ」

あまりにもむきになっていたからだろう、湯川はくすくす笑った。

「君のそういう横暴な台詞も、たまに聞く分にはいいな。わかった、どこかでゆっくり話をしよう。それを聞いた上で、動くかどうかを決めればいい」さらに真剣な口調に戻って続けた。

「もしも僕の推理が当たっていたら、事件の構図がひっくり返るわけだしな」

「ずいぶん大きく出たな。そんなに驚くような話なのか」

「驚くと思うよ。少々ね」言葉はおどけたものだったが、声は深刻だった。

それから数十分後、草薙は帝都大学のそばの喫茶店で湯川と会った。一番端のテーブルで、物理学者は刑事に自分の推理を披露した。

たしかにそれは驚くべき話だった。

7

草薙が門の前に立った時、ちょうど玄関のドアが開いて森崎由美子が出てきた。彼女はすぐに刑事に気づき、戸惑った顔をした。草薙は会釈した。

由美子は周りを見ながら門のところまで出てきた。

「何か？」

「ちょっとお伺いしたいことがありましてね。お出かけですか」

「ええ、買い物に出ようと思っていたところなんです」

「もしお急ぎでなければ、少しお時間をいただけませんか」

「はあ」由美子は逡巡していたが、結局笑顔を作って頷いた。「わかりました。どうぞお入りになってください。散らかってますけど」

失礼します、と草薙は頭を下げて門をくぐった。

散らかっていると由美子はいったが、革張りのソファが置かれたリビングルームは、見事に片づいていた。すべてのものが収まるべきところに収まり、存在を主張すべき高級な置物などは、それなりの場所に飾られていた。

亭主が口うるさいのだろう、と草薙は想像した。森崎敏夫はそういうタイプだ。お構いなく、と草薙はいったのだが、由美子は紅茶とクッキーを出してきた。どんな相手に対しても、それなりの応対をしないと気が済まないのかもしれない。

草薙は紅茶を啜った。これまでに飲んだことのない味がした。香りも特別なものだった。選ばれた者だけが飲める紅茶なのだろうと彼は思った。

おいしいですね、と彼は素直にいった。

「あの、お訊きになりたいことというのは、どういったことでしょうか」

草薙は姿勢を正し、ティーカップを置いた。これでもうこの紅茶を飲むことはないだろうと思った。

「坂木信彦の家が江東区木場にあることは以前お話ししましたね」

「ええ」

「その時私はあなたに、そのあたりに行ったことはありませんかと訊きました。坂木がお嬢さんの名前を子供の頃から口にしていたという話から、お宅と坂木との間に何らかの繋がりがあるのではないかと思ったのです。でもあなたは、行ったことはないと明言されました。そうですね」

由美子は黙ったまま小さく頷いた。目に不安の色がある。

「奥さん」草薙は相手の目を覗《のぞ》き込んだ。「今でもやはり、そう断言できますか」

「何が……おっしゃりたいんですか」

「ではこの名前にご記憶はありませんか」草薙はゆっくりと手帳を取り出し、開いた。

しかしじつはそんな必要はなかった。そこに書いてある名前は頭に刻み込んである。彼はいった。「桜井努……という人です」

由美子の目が一瞬大きく開かれた。血を抜いたように、顔がみるみる白くなった。

「御存じでしょう？」草薙は重ねて訊いた。

「いいえ」彼女はかぶりを振った。「そんな人、知りません」

草薙は頷いた。彼女があっさり認めるとは思っていなかった。

「桜井さんは現在、千葉でデザイン事務所を経営しておられます。まだお独りでした」

「何をいってるんですか、そんな人知らないといってるでしょう」

「桜井さんは」草薙は続けた。「あなたとの関係を認めておられます」

電池が切れたように由美子の動きが止まった。空を見つめた目が充血を始めた。

「二十年ほど前、坂木電気工事店から徒歩で五分ほどのところにあるマンションに、一人のデザイナーが住んでいました。それが桜井努さんです。彼は奥さんを病気で亡くし、娘さんと二人で暮らしていました。そんな彼のところに、毎週のように訪ねてくる女性がいました。それがあなたです」草薙は一気にしゃべった。何もかも調査済みだということを彼女に思い知らせる必要があった。

もっとも桜井がすぐにすべてを認めたわけではなかった。最初彼は、森崎などという名字には全く覚えがないと断言したのだ。あまりに強く否定する不自然さが、草薙に自分たちの推理の正しさを確信させたともいえる。

桜井の態度がぐらついたのは、森崎由美子との繋がりを指摘された時だった。草薙は、彼がかつて池袋でカルチャースクールの講師をしており、生徒の一人に森崎由美子がいたことを掴んでいた。ブックデザインを教えるその講座の生徒は数名で、わずか半年で廃止されていた。しかも森崎由美子がただ一人だけ出席していたことも少なくなかった。桜井が彼女を覚えていないはずがなかった。

由美子の頬が歪《ゆが》んだ。彼女は笑顔を作ろうとしたのかもしれない。

「どうして」と彼女はいった。「どうして今さらそんなことを……そんな古いことを」

「今度の事件に深い関係があるからですよ。そのことはあなたが一番よく御存じのはずです」

「何のことかさっぱり……」

「桜井真子ちゃんを覚えておられますね。桜井さんのお嬢さんです。真子ちゃんもあなたには大変よくなついていたそうじゃないですか。あなたから貰った人形を、いつも抱えていたと聞きました」

人形と聞いた時、また一つ由美子の表情に変化が現れた。ふっと力が抜けたようだった。あきらめかけている、と草薙は感じた。

「真子ちゃんはその人形に名前をつけました。あなたも御存じですね。そう、レミ、という名前です。さらに彼女はレミちゃんにも名字が必要だと考えました。でも桜井ではなかった。真子ちゃんにとってレミちゃんは、毎週やってくる優しいおばさんの子だったのです。モリサキレミ、それが人形の名前になりました」

由美子の首が、がっくりと前に折れた。その肩が小さく揺れている。

「真子ちゃんが交通事故に遭って亡くなったことは、あなたも覚えておられますね。その後も何年間か、あなたと桜井さんの関係は続きました。でも結果的に別れることになった原因は、あなたの妊娠ですか」

由美子は何もいわない。肯定の沈黙だと草薙は解釈した。

「やがてあなたは女の子を産みました。その子が御主人の子なのか、桜井さんの子なのか、私にもまだわかりません。ただここで肝心なことは、その子につけた名前です。あなたはレミとつけた。そう、あの人形の名前です」

喉が渇いていた。だが草薙はティーカップには手を伸ばさずに話を続けた。

「どういう思いでその名前をつけたのかは知りません。特別な思い入れがあったのかもしれないし、単にいい名前だと思ったからかもしれない。とにかくその人形の名前をもらった森崎礼美さんは、十六年間元気に育った。その間あなたは一度も桜井さんと会っていない。過去の不倫のことは完璧に隠蔽できた——あなたはそう考えていたはずです。ところがそんなあなたの前に、とんでもない男が現れた。それが坂木信彦だったのです」

由美子は沈黙を続けていた。姿勢は全く変わらない。とにかくすべて聞いてしまおうと決意しているようだった。

「坂木の現住所、そして森崎礼美という名前を十数年前から知っていたと主張している話を礼美さんから聞き、あなたは凍りついたはずです。桜井父娘と何らかの関係がある人物に違いないと直感しました。そしてその直感は正しかった」

草薙は坂木と桜井真子の人形の関係を話した。さすがにこれは初めて聞くらしく、由美子は驚きと絶望の混じった表情をした。

「坂木が桜井真子ちゃんから人形の名前を聞いていたであろうことは、容易に想像がつきます。ところが坂木は、その人形を母親に捨てられてしまうのです。その時にはおそらくショックだったでしょうが、幼い彼はやがてそういう人形があったこと自体を忘れてしまいました。そして二年後、彼はある日突然、その人形の名前だけを思い出したのです。モリサキレミ——たぶんその名前によって、何か心を動かされるものがあったのだと思います。その結果、彼はそういう名の女性が存在していて、自分とは見えない糸で結ばれていると信じこんでしまったわけです。やがて彼はそこに漢字をあてるようになりました。森崎礼美という漢字が、あなたのお嬢さんの名と一致していたことは、驚くほどのことではありません。モリサキレミと聞けば、多くの人が同じ漢字を思い浮かべることだろうと思います」

さて、と草薙は続けた。

「そういう背景があることをあなたはもちろん知らなかったが、坂木の存在が危険だという認識は強く持っていた。彼をそのままにしておけば、いずれは昔の不倫のことがばれてしまうのではないか、とね。いやあなたが最も恐れたのは、礼美さんが本当は誰の子供かということだったのかもしれない」

「礼美は」俯いたまま、呻《うめ》くように由美子はいった。「主人の子供です」

草薙は吐息をついた。それについては今ここで議論すべきことではなかった。

「そこであなたが考えたことは、合法的に坂木を抹殺できないかということだった。そして思いついたのが、正当防衛によって殺害するというものでした。坂木をおびき寄せ、部屋に侵入したところを撃ち殺す。絶対に世間から非難されることはないし、盗犯等防止法により無罪になる可能性も高い。見事な計画でした。誤算は、猟銃の弾が坂木に当たらなかったことです」

ここでようやく由美子は顔を上げた。かぶりを振る。しかしそれはあまり力のこもっていない動きだった。

「違います、そんなこと……計画なんてしてません」

「証拠があるんですよ」草薙は穏やかな表情を心がけていった。「坂木をおびき寄せることになったあの手紙を詳しく分析しました。ワープロの機種、使われている紙が判明しました。それと全く同じものが、あなたが通っておられる料理教室で見つかっています。料理のレシピを書いたりするのに、講師の先生が時々お使いになるそうですね。あなたが最近使っているのを見たという証言が得られました。じつは昨日半日かけて、同僚の刑事が使用済みのインクリボンを調べてくれたんです。例の手紙の文面が見事に、リボンに残っていましたよ」

彼としては、いうべきことはこれですべてだった。あとは由美子の答えを待つだけだ。

充血した彼女の目が潤み始めた。涙があふれ、やがてこぼれた。それをぬぐおうとせずにいった。「主人には……礼美はあなたの子だと伝えていただけないでしょうか」

草薙はこれについては答えなかった。その代わりに訊いた。「署まで同行願えますか」

はい、と彼女は小声で答えた。

森崎家の前には一台の車が止まっていた。中には牧田ともう二人別の刑事が乗っていた。事前に連絡し、待機させておいたのだ。草薙は彼等に由美子を預けた。

「後からすぐ、本部に戻るから」と草薙は牧田にいった。

牧田は頷き、車を発進させた。後部席の由美子は前を向いたままだった。

草薙は車が去った方向とは逆に歩きだした。二十メートルほど離れたところにスカイラインが止めてある。助手席のシートを倒し、湯川が寝ていた。

草薙が乗り込むと、湯川は目を開けた。「終わったようだな」

「うん。いやな仕事だった」

「だからこそ給料をもらえる」

「それより」草薙は助手席のほうを向いた。「今度もまたおまえに助けられた。礼をいうよ」

「僕は自分の探求心を満足させたかっただけだ。礼をいってもらう必要はない」

「だけどもしあの推理を聞かなかったら、俺たちが彼女を疑うことはなかった」

湯川の推理を聞いた時の驚きが蘇る。彼が最初にいったことは、森崎礼美の母親が怪しい、というものだった。その第一の根拠として、事件の状況を彼は挙げた。

「母親が猟銃を持って娘の部屋に乗り込んでいったということは、余程はっきりと侵入者の気配を感じていなければおかしい。しかしそんな大きな物音がしたのなら、まず礼美さん本人が気づくはずじゃないか。実際には本人は眠ったままで、犯人はベッドに近寄っただけで何もしていなかった。母親だけが危険を察知して、大げさにも猟銃まで手にしたという。これは何かあると考えるべきじゃないか」

そして彼は大胆な推理を展開させる。それが、今回の事件は仕組まれたものではないかというものだった。

「母親の狙いが正当防衛に見せかけて坂木を殺すことにあるのだとしたら、その動機は何だろう。僕は予知夢にあると思う。そこには彼女にとって何か都合の悪いことが隠されているんじゃないだろうか。坂木が夢を見たという十七年前、彼と森崎由美子の間には何らかの繫がりがあったとする。まだ子供の彼と繫がりを持つためには、彼女は彼の家のそばに行かなくてはならない。しかも頻繁にだ。そのことを彼女は隠している。なぜか。主婦がある場所に行っていたことを隠さねばならないとしたら、その理由は限られてくる」

不倫、ということは草薙や牧田もすぐ思いついた。

「子供の頃の坂木の周りに、森崎由美子の浮気相手が存在すると考えるべきじゃないか。といっても、小学生が大人の男と親しくなる機会なんてのは、そんなに多くない。遊び友達の父親、というのが妥当なところじゃないかね」

そこでその父親の、当時の生活を調べてみろ、と湯川はいったのだった。

「妙な事件だったよなあ」車のキーを差し込みながら、草薙はしみじみといった。「坂木のほうは、いまだに自分がなぜモリサキレミという名前を夢で見たのか、わからないままなんだぜ。一つの人形の思い出が、自分を操っていたことに気がつかない」

「人間はみんな、何かに操られているんだよ」湯川はそういってから大欠伸《あくび》をした。

「うまいブルーマウンテンを飲ませる店がある」

「この近くかい？」

「等々力だ」

「いいね」草薙はエンジンキーを回した。

第二章　霊視る

みえる

1

長井清美は黄色いスーツ姿で待っていた。レモンを思わせる鮮やかな黄色だった。清美の好きな色だ。喫茶店は広いうえに混んでいたが、その色彩のおかげで細谷忠夫はすぐに彼女を見つけることができた。

「ごめん、ごめん。帰ろうと思ったら、急に課長からおかしな仕事を頼まれちゃってさ」細谷は顔の前で手刀を切りながら、清美の向かい側に座った。待ち合わせ時刻は七時だったが、二十分近く遅刻していた。

清美は明らかに機嫌を損ねていた。への字に曲がった唇が、それを物語っていた。

「あと五分遅かったら、あたし、もう帰ってたよ」

「だから謝ってるじゃないか。――あ、俺はコーヒー」注文をききにきたウェイトレスに細谷はいった。

自分のほうは、いつだって平気で三十分ぐらい遅れてくるくせに、たまにこっちが遅くなったらこれかよ、という本音のほうは口には出せない。そんなことをしたら、清美が今すぐに席を立ってしまうことは確実だった。

「もう、おなかぺこぺこなんだから」

「わかったよ。なんでも好きなものを御馳走するから機嫌直せよ」

「なんでも好きなもの？　本当にいいの？」清美の表情が少し変わる。

「ああ、いいよ」

「じゃあ、ぜひ行ってみたいところがあるんだ」

清美はグッチのバッグを開けると、雑誌の切り抜きらしき紙切れを取り出してきた。有名なフレンチレストランの紹介記事だった。料理の味よりも値段が高いということで、細谷も聞いたことがあった。決して懐が暖かいというわけではなかったので一瞬目の前が暗くなったが、これ以上清美にへそを曲げられたくなかった。

「わかった。でも、予約がいるみたいだぜ」

「今、電話すればいいじゃない」

「そうだな」

細谷は切り抜きを持って立ち上がり、一旦店を出てから携帯電話を使ってレストランに予約を入れてみた。もう今日は満席です、という返事を期待したが、不景気な時期だった[illegible]れた。

席に戻ってそのことを報告すると、清美は目を輝かせてにっこりした。

「ごくろうさま」

どうやら彼女の機嫌は直ったようだった。小悪魔を思わせる笑顔を眺めながら、すでに運ばれていたコーヒーを細谷はブラックで飲んだ。惚れた弱みだな、と思った。

食事が終わると、清美はしきりに時刻を気にした。それにつられて細谷も自分の時計を見た。午後十時を少し過ぎていた。

「何か予定があるのかい」細谷は訊いてみた。

「うん。ごめん。あたし、そろそろ帰らなきゃ」

「旅行の準備があるとかいってたな」

「うん。明日出発なのに、まだ何もしてない」清美は舌を出した。

「シンガポールだっけ」

「そう」

「まさか、本命の彼氏と行くんじゃないだろうな」

「ばかだね、そんなわけないじゃん。女子大時代の友達と買い物旅行」そういって清美は笑ってから、ふっと憂鬱そうに眉を寄せた。「今夜、また電話がかかってるよ。きっと」

彼女のいった意味を細谷は即座に理解した。「あいつから?」

「たぶんね。お店が休みの日は、いつもそうだから」

「一途なんだよな、あいつ」

「困っちゃうよ。だけど、あんまり冷たくあしらうわけにもいかないしさ」

細谷はため息をついた。

「そろそろはっきりといっちゃったほうがいいんじゃないのかな。でないと、あいつのためにもよくないよ」

「それはわかってるけど、なんだかいいにくくって。あなたの名前を出しちゃってもいいわけ?」

「それは仕方ないよ。本当のことなんだし、いずればれちゃうんだから」

「いいにくいなあ」清美は顔をしかめた。

「じゃあ、俺から話そうか」

細谷の言葉に、彼女は少し不意をつかれたような顔をした。それから少し考え込み、やがてゆっくりと頷いた。

「そうだね。そうしてくれると助かるな」

「近いうちに話すよ」

「それで友情にひびが入ったりしない?」清美は訊いてきた。にやにや笑っている。そのことを心配しているというより、好奇心から尋ねているという感じだった。

「まっ、その時はその時だよ」と細谷はいった。

レストランを出た後、タクシーを捕まえるために広い道路まで出た。すぐに空車が通りかかったので、細谷は手を上げようとしたが、「あっ、ちょっと待って」と清美がそれを制した。

彼女はバッグの中から小さなカメラを出してきた。そして少し腰を屈めると、そばの電柱のほうにレンズを向けた。そこに斑《まだら》模様の子猫がいた。野良猫だろう。彼女はシャッターボタンを三回押した。それに応じてストロボも光った。

「相変わらず、いつもカメラを持ち歩いているんだね」細谷はいった。

「そうよ。だって、いつシャッターチャンスがあるかわからないでしょ」いいながら彼女はカメラをバッグにしまった。

最近は写真に凝っているという話を細谷が聞いたのは、最初にデートした時だった。実際、その場で何枚か作品を見せられた。たしかにそれなりに奇麗に撮れてはいるが、とりたてて特徴のない写真ばかりだった。ファッション感覚でシャッターを切っているのだろうなと細谷は想像した。少なくとも、いつかは個展を開きたいという彼女の夢が叶うとは思えなかった。

「あまり何でもかんでもやたらに撮りまくったら、変なものが写ったりしないかい」タクシーに乗ってから、細谷は訊いた。清美の住むマンションは高円寺にある。そこまで彼女を送ってから、練馬にある自宅に帰るのが、細谷のいつものルートだった。

「変なものって？」

「たとえば、ほら、心霊写真とかさ」

「ああ」清美は口を開けて頷いた。「それらしいものが写っちゃったことは何度もある」

「えっ、本当かい」

「それらしいものだよ。白い、ぼうーとした影とか。でもそれが本当は何なのかは、よくわかんない」

「そういうのは、御祓《おはら》いとかしてもらわなくていいのかな」

「さあ。別にいいんじゃないの」そういってから彼女は悪戯っぽく細谷を見た。「じつはね、前に一度、そういう写真をわざと撮ろうと思ったことがあるんだ」

「どうやって」

「夜にそこで写真を撮れば、絶対に霊が写るっていう噂の場所に行ってみたわけ。一人だったから、すっごい怖かったけどね」

「で、撮ったのかい」

「うん」

「結果はどうだった」

「見ようによっては、なんかそれらしいものが写ってるかなー、というところかな」

「へえ……」

「今度見せたげようか。どうってことのない写真だけどね」

「うん、見たいね」そういって細谷は唾を飲み込んだ。彼はその手の話が大好きだった。

「でもね」清美は唇を舐めた。「その時、そんなのよりも、もっとすごい写真を撮っちゃったんだ」

「えっ、どんな写真？」

「うん。それはちょっといえないけど、あたしにとっては幸運な写真」

「何だよ、それ。気になるなあ」

「ごめん。つまんないこといっちゃったね。忘れて。それよりさ――」

清美は全く別の方向に話題を切り替えた。「幸運な写真」のことを細谷に話したことを後悔しているように見えた。細谷は適当に相槌《あいづち》を打ちながらも、写真のことが気になって仕方がなかった。


清美を送った後、タクシーの中で細谷は携帯電話を取り出した。そこに登録してある『小杉浩一』の短縮ダイヤルを画面に表示させた。

小杉は細谷の大学時代からの友人だ。学部は違ったが、ラグビー部で一緒だった。卒業してから十年になるが、今でも月に一度くらいの割で会う間柄だ。

一か月ほど前にも小杉から連絡があり、会社が終わった後で飲みに行くことにした。新しい店を見つけたのだと小杉はいった。細谷は意外な気がした。彼がそういうことをいいだすのは珍しいことだった。

その店は新橋にあった。客層が比較的若い、明るい雰囲気の店だ。そこに接客の女性が何人かいるのを見て、細谷はさらに驚いた。小杉は女性と話すのを苦手にしている。その彼がこういう店に来るというのは青天の霹靂《へきれき》だった。

長井清美はその店で働いていた。小杉の顔を見ると、すぐにやってきて向かい側の椅子に座った。さほど美人ではないが、あどけなさと妖しさが同居する奇妙な個性を持った女だった。その時も彼女は黄色の服を着ていた。

一目見て細谷は彼女にひかれた。ただし小杉の様子から、彼がこの店に来るようになった事情も察した。彼は明らかに清美を強く意識していた。女性に対してはすぐに無口になってしまう彼が、懸命に彼女の気をひこうとしていた。

店を出た後、細谷は小杉に問い質《ただ》した。彼はすぐに白状した。何とか彼女と交際したいのだという。

「だけどなかなか思うようにいかなくてなあ。ああいうタイプは、どんなふうに攻めればいいのかな」短く刈った頭を掻きながら小杉は訊いてきた。

どうしてあの時、ああいうタイプの女はおまえには不向きだから諦めろとはっきりいわなかったのか、細谷は今も悔やんでいる。そうしていれば、もっと話は簡単だったかもしれない。だがそうはいわず、「まあ、気持ちが伝わるようにがんばることだな」など激励してしまったのだ。

その一方で細谷は、小杉には内緒で清美に近づいた。何度か一人で店に行き、やがて誘いをかけた。彼女は意外なほどあっさりとなびいてくれた。

「あたしも初めて会った時から波長が合うと思ってたんだ」初めてホテルに行った後、彼女が口にした台詞だ。

だがもちろん小杉は二人の関係に全く気づいていない。それどころか、最近彼は細谷に対して、「ようやく彼女の心を摑めてきたようだ」などと電話でいってくる始末だった。しかし清美によれば、「別に前と何も変わってないよ。単なる客の一人だよ」ということだった。

早く打ち明けねばと思いながら、ずるずると時間だけが過ぎてしまったのだ。

だけどそろそろ決着をつけなきゃな――。

細谷は携帯電話の発信ボタンを押した。

呼び出し音が二度鳴ってから電話は繫がった。

「はい、もしもし」男の声が聞こえた。だが明らかに小杉の声ではなかった。

「もしもし、ええと、小杉さんのお宅じゃないんですか」

「いえ、小杉ですけど……あっ、その声は細谷だな」

相手の声と口調で細谷も誰かを察知した。

「なんだ、山下か。そんなところで何をしているんだ」

「留守番を頼まれちまったんだよ。だけどすることがなくて、退屈していたところだ。ちょうどいいや。おまえもこっちに来いよ。今、どこにいるんだ」

「環状七号をタクシーで北上しているところだ」

「だったら運転手の摑んでるハンドルを、ぐいっと左に回せ。待っているからな。酒はたっぷりあるから、今夜は久しぶりに飲み明かそうぜ」一方的にいうと、山下は電話を切ってしまった。

仕方がない、付き合うか――携帯電話を上着のポケットに戻し、「運転手さん、すまないけど行き先変更だ。久我山に行ってくれ」と細谷はいった。

小杉は古いテラスハウスに住んでいた。隣の部屋と、二戸で一つの建物になっている。二階建てで、間取りは2LDKだ。一応庭らしきものもあるので一戸建ての雰囲気は味わえると小杉はよくいっていた。

その部屋で山下はビールを飲みながら待っていた。山下もラグビー部時代の仲間だ。

昨年まで勤めていた設計事務所がつぶれ、今は職探しの最中だった。

「小杉は今日の夕方に出ていったよ。インタビューの仕事の後、車で大阪に移動だってさ。明日の早朝から取材らしい。スポーツライターってのも、大変な仕事だよなあ」少し呂律《ろれつ》の怪しくなった口調で山下はいった。

文才のあった小杉は、卒業後は就職せず、出版社でアルバイトをしながらフリーライターの仕事を始めた。最初は無論、仕事にありつくことさえ大変だったらしいが、今ではいくつかの雑誌や新聞などで彼の文章を目にすることができた。

山下によれば、大阪の某少年サッカークラブの取材をするために、小杉は出かけたそうだ。

部屋の隅に猫が一匹いた。白いペルシャだ。小杉が猫を飼い始めたという話は聞いたことがなかった。

「知り合いの飼っている猫で、一週間ほど前から預かっているらしい。ところが急に今回の取材が入ったんで、俺に留守番を頼んできたというわけだ。だからまあ俺は留守番というより、猫の世話係だな」

「なるほど、そういうことか」

「猫の世話なんかしたことがなかったんで心配したが、どうってことないな。おとなしいし、トイレのしつけもよくできている」

「留守番のバイト料はいくらなんだ」

「必要経費込みで一日五千円だ。まっ、ただぶらぶらしてるだけなんだから、文句はいえないよな」

失業中の身にはありがたい話だと、やや自虐的にいって山下は笑った。

それからは二人で昔話をしながら、ビールやらウイスキーやら日本酒を、水のように飲みまくった。この留守番には役得があって、冷蔵庫の中のものは飲み食い自由、他の酒類も飲んでよいということだったのだ。冷蔵庫にはビールの大瓶がどっさり入っていたし、未開封のウイスキーと日本酒が一本ずつ置いてあった。

しかしあまりに早くから飲み過ぎたせいか、山下は午前零時を過ぎた頃からうとうとし始め、一時近くになる頃には鼾《いびき》をかきだした。揺すっても起きる気配がない。

仕方のないやつだな――。

細谷はそばにあった毛布をかけると、立ち上がった。自分は二階の部屋で眠ろうと思ったのだ。階段に片足をかけた状態で、壁のスイッチを押した。途端に室内は真っ暗になった。

その暗さが予想以上だったため、そして細谷自身もさすがに少し酔っていたせいで、身体のバランス感覚が一瞬おかしくなった。彼はよろけ、そのまま床に膝をついた。

いかん、意外とアルコールがきいている――。

顔をこすり、立ち上がろうとした。その時だった。

庭に面した窓のすぐ外に、誰かが立っていた。そして部屋の中をじっと見つめている。

どきり、とした。だが次の瞬間には、別の驚きが彼を襲っていた。

清美？

レースのカーテン越しだが、そこに立っているのは清美に見えた。レモンイエローのスーツは、何時間か前にも目にしたものだ。それが外のわずかな光を受けて、闇に浮かび上がっている。

「清美……」

細谷は玄関に向かった。しかし闇に目がまだ慣れていないことと、酔いのせいで、あちこちに身体をぶつける羽目になった。ドアを開けた後は、裸足で外に飛び出した。

清美、と彼は呼んだ。

だが彼女からの返事は聞こえなかった。細谷は裸足のまま窓のほうに回った。そこにも彼女の姿はなかった。

どういうことだ――彼は動揺し、混乱していた。清美がこんなところに来るはずがなかった。彼女は小杉のことを避けていたのだ。

次第に胸騒ぎが広がっていった。

彼は携帯電話を取り出し、まず彼女の部屋にかけてみた。しかし誰も出なかった。次に携帯電話にかけてみる。結果は同じだった。

細谷は少し考えてから、別の番号に電話をした。それは織田不二子という女の携帯電話だった。不二子は清美の友人で、同じマンションに住み、同じ店で働いている。以前皆でカラオケに行った時、携帯電話の番号を聞いていたのだ。

「もしもし」不二子の声がした。

「もしもし、不二ちゃんかい。俺だよ、細谷だ」

「ああ。どうしたの、今頃」

「理由は後で話す。すまないけど、清美の部屋に行ってみてくれないか」

「清美ちゃんの部屋に？　これから？　どうして？」

「だから理由は後だ。とにかく早く行ってくれ」携帯電話に向かって、細谷は怒鳴っていた。

2

「細谷忠夫からそんなふうにいわれた織田不二子は、わけのわからないまま部屋を出た。不二子の部屋はマンションの三階にあり、清美の部屋は五階だ。もしここで彼女がエレベータを使っていたら、事態は全く違っていただろうが、この時彼女は階段を選んだ。

階段で五階に上がろうとした」

ここまでしゃべったところで草薙は言葉を切り、湯川のほうを見た。湯川は椅子に座り、爪にヤスリをかけている。両足は机に載せていた。

例によって帝都大学理工学部物理学科第十三研究室にいる。今は講義の最中で、学生たちの姿はなかった。

「おい、聞いてるのかい」

「ちゃんと聞いてるよ。続けてくれ。階段を選んだ結果、どうなったんだ」

「四階から三階、そして二階へと階段を駆け下りていく男の姿を目撃した。頭はスポーツ刈り、グレイのブルゾンを着ていた。それ以上に織田不二子は、その男の横顔に見覚えがあった。よく新橋の店にくる客だった。しかし急いでいたのか、男のほうは彼女には気づかなかったようだ。不二子はおかしいなと思いながら、長井清美の部屋へ行ってみた。チャイムを鳴らすが応答はない。そこでためしにドアのノブを回してみると、鍵はかかっていなかった」

「そして死体発見というわけか」

「長井清美は洗面所で倒れていた。織田不二子はすぐに警察に電話をした」

「名刑事草薙巡査部長たちの登場だな」湯川はにやにや笑った。

「まあそうだけど、残念ながら俺たちの出番は殆どなかった。俺たちが駆け付けた時には、犯人は割れていたし、逮捕も時間の問題だった」

「織田不二子が目撃した男か」

湯川の問いかけに草薙は頷き、手帳に目を落とした。

「スポーツライターの小杉浩一だった。さっきもいったように、細谷の友人で、長井清美に言い寄っていた男だ。小杉の名前が捜査線上に浮かんできた頃、奴は東名高速道路上にいた。もちろん、捕捉するのは難しくない。行き先はわかっていたから、捜査員を大阪に送るだけでよかった」

「小杉は犯行を認めたのか」

「最初は否認したようだ。しかし目撃者がいることを仄《ほの》めかすと、あっさりと白状した」

「印象からすると計画犯罪という感じはしないな」

「その通りだ。典型的な衝動殺人だった」

あの夜、小杉は長井清美の部屋の前で、彼女の帰りを待っていた。十一時近くになって彼女は帰ってきた。

部屋でゆっくり話がしたいという小杉を、彼女は最初拒絶していたようだ。だがこのままでは埒《らち》が明かないと思ったか、最終的には彼を部屋に入れた。

小杉は彼女に対する自分の思いを、懸命に訴えた。交際したい。それも遊びではなく、結婚を前提とした付き合いがしたいと正直にいった。

しかし長井清美はきっぱりと断った。あなたには全く魅力を感じていない、とかなり強い口調でいったようだ。

それでも小杉は食い下がった。とにかく少しの間だけでも付き合ってくれないか、魅力を感じてもらえるよう努力するから、とまでいったらしい。

するとこのあたりから長井清美は豹変していった。それまでは一応、相手は店の客だという意識があったのかもしれないが、その自制が外れてしまったようだ。

ふざけるんじゃないよ、あんたみたいな冴えない男があたしと付き合えるわけないだろう、客だと思っていたから甘い顔をしていただけだよ、うぬぼれるんじゃないよ――。

小杉の自尊心を引き裂く言葉を彼女は吐き続けた。口元には薄笑いさえ浮かべていたという。それを見た途端、小杉の中で何かが音をたてて切れた。

「気がついたら首を絞めていた、というわけさ」

「じつに犯罪らしい犯罪だな。殺しらしい殺しというか」湯川がやけに真面目な顔をしていった。

「そうかな」

「そうじゃないか。現実の殺人事件というのは大抵の場合、小説のように考え抜かれた計画に基づいて行われたものじゃない。口論の末、かっとなって殺してしまった、というのが大半さ。殺人というのは大仕事だからね、一般人が実行するとなると、やはり狂気というか衝動というか、非日常的なほどの精神の昂揚が必要になるんだろう」

「まあたしかに、よくある話だけどな」草薙は鼻の下をこすった。

「で、そんな話を延々と僕に聞かせた狙いはどこにあるのかな。特に何も問題はなさそうに思ったけどね」

すました顔でいう湯川を、草薙は意外な思いで見返した。

「おいおい、俺の話をちゃんと聞いてたんだろうな。いいか、事件が発覚したきっかけは、細谷が長井清美の姿を見たことだ。それが午前一時頃。そしてその頃実際に、清美は小杉によって殺されていたんだ。これをどう考える」

「どうって？」

「不思議だと思わないか」

ふむ、と腕組みをし、湯川は机から足を下ろした。そのまま回転椅子を、左右に回転させた。

「すごい偶然だとは思うね」椅子の動きを止めて彼はいった。冷めた口調だった。

「偶然？　どういう偶然だ」

「その細谷という人物は酔っ払っていた。半分眠った状態だったといってもいい。そんな状態だから寝ぼけたりもする。寝ぼけて、自分の恋人の夢を見た。はっと気づいて電話した時、偶然彼女の部屋では事件が起きていた、というわけさ」

「うちの課長はおまえと同意見だよ。細谷が夢か幻でも見たんだろうといっている」

ははは、と湯川は声をたてて笑った。

「いつものことながら、君のところの課長とは気が合う」

「だけど細谷は、絶対に夢なんかじゃないと断言している」

「ふうん、課長以外の人間は、その言葉を信用しているわけか。それだけの柔軟性があれば、警察の未来は明るい」

草薙は口元を歪め、頬を掻いた。

「笑いごとじゃない。今のままじゃ、報告書がオカルト話になっちまう。信じがたいことだが、捜査員の中にも、殺された被害者の霊が細谷に事件を知らせに行ったんじゃないかといっている者がいるんだ」

「それもまた一興じゃないか。ユーモアは必要だぜ」

「本気でそんなふうに考えているわけじゃないだろ。一つ、今回はこの謎に挑んでくれないか」

「謎ねえ。さあ、果たして謎といえるかどうか」

湯川は立ち上がり、窓のほうに歩いた。カーテンの隙間から春の日差しが入ってくる。彼の白衣が眩《まぶ》しく光った。

「仮にその細谷氏が寝ぼけていなかったとしてもだ、幻覚を見てしまった可能性は大いにあるだろうな。いや、幻覚というのはいい過ぎかもしれない。見間違い、錯覚、というところかな」

「何かと見間違ったというのか」

「風に揺れるタオルを幽霊と見間違えるなんてことは、大昔からあったことだぜ。その時細谷氏は恋人とデートした直後だということもあり、彼女のことがずっと頭から離れないでいた。一方、暗闇の中で転ぶというアクシデントに見舞われて、すっかり気が動転していた。ふと顔を上げて窓に目を向けた時、何かが見えた。もし気が動転していなければ、それの正体を冷静に見極められたに違いない。たとえば単に何かがガラスに反射して映っていただけかもしれない。しかしその時の彼はふつうの精神状態ではなかった。ガラスに映った何かを恋人の姿と見間違うこともないとはいえないだろう」

「その同じ時間、たまたまその恋人が扼殺《やくさつ》されていたというのかい」

「だからすごい偶然だといっているだろ」湯川はいった。

草薙は、ふうーっと長い吐息をついた。

「結局そういうふうに説明するしかないのかなあ」

「御不満か」

「不満だけど仕方がないだろう。そうでなきゃ、霊の仕業ということになっちまう」

「まあこの世には時々、この手の極めて低い確率で起きる偶然というものが生じる。それについて理屈を付ける必要はないと思うがね」湯川は大股で部屋を横切り、流し台に近づいた。「ところでコーヒーでもどうだい」

「遠慮しておくよ」どうせインスタントだろ、という言葉は飲み込んだ。「だけど今度のことを嗅ぎつけたら、きっとまたマスコミが騒ぐぜ。オカルト話に引っかけてさ。それでもいいのか」

「仕方がないだろうな。信仰は自由だ」

「課長にはそう報告しておくよ」草薙は時計を見て立ち上がった。

「ほかにはないのか」水を入れた薬缶《やかん》を火にかけながら湯川は訊いた。

「ほかにはって？」

「事件に関する疑問だよ。えらく単純な事件のようではあるが」

「うん。特異な点といえば、その霊の話だけだ。あと、目立った点といえば、被害者に相当借金があったことかな」

「借金？」

「まだ正確な額は摑んでないが、最低でも四、五百万はありそうだ。あちこちで借金していたらしい。部屋を見たところ、かなり派手な生活をしていたようだ。ブランド病だな」

「被害者に借金か……」呟いてから、湯川は訊いた。「死因には問題なしか」

「問題なしだ。手首に浅い傷があったが、関係はなさそうだし」

「手首に傷？」カップにインスタントコーヒーの粉を入れていた湯川が、手を止めて振り返った。「どっちの手？　どういう傷だ」

「左手首だったかな。いや、本当に大した傷じゃないんだ。絆創膏《ばんそうこう》が貼ってあったしな」

　すると湯川はスプーンを持ったまま、黙ってしばらく何事かを考え込んでいた。やがて薬缶の口から、しゅーしゅーと音を立てて湯気が吹き出てきた。

「湯が沸いてるぜ」草薙がガスレンジの火を消した。

　湯川はスプーンの先を草薙のほうに向けた。

「君の悪い癖だな。一番大事なことを、いつも一番最後に話す。それを先に聞いていたら、もっと別の解答が出せるというのにさ」

「何だ、手首の傷が問題なのか」

「たぶんね」彼はタクトを振るように、スプーンを上下左右に動かした。「さあ、案内してもらおうか。その、霊が出た家に」

3

小杉の住むテラスハウスの前で、草薙は湯川に白い手袋を渡した。

「おまえにこの部屋を見せることは課長には許可をとった。ぜひ論理的な説明をつけてほしいということだった。それから、特に問題はないと思うけれど、中のものに触る前に一応これをはめてくれ」

湯川は頷き、その場で手袋をはめた。

「指紋をつけないことは重要だよ。君は今、特に問題はないと思うといったが、僕の考えは違う。たぶん君たちは、改めてこの家を調べることになる」

「幽霊騒ぎは事件とは本質的に無関係だと思うけどなあ」

「それをこれからはっきりさせる」

さあ入ろう、と湯川はいった。

小杉が逮捕された直後に一度だけ、草薙はこのテラスハウスを訪れていた。その時点でまだここで留守番をしていた山下恒彦から話を聞くためだった。山下の話は小杉の自供内容と一致していた。

その時には部屋の中にビール瓶やスナック菓子の袋などが散らかっていたが、さすがに出る前に掃除をしたらしく、今日は室内は比較的奇麗に片づいていた。白いペルシャ猫も飼い主に返したようだ。

「男やもめの部屋という感じだな」装飾らしきものが全くなく、ただ殺風景なだけの室内を見回して湯川がいった。

「山下や細谷たちから聞いたところでは、事実、女っ気は全くなかったらしい。これまで、女と交際したことさえなかったんじゃないかというんだな。緊張せずに女と話ができるのは、相手がスポーツ選手の場合にかぎるらしい。しかも話題は競技に関すること に限定されるそうだ」

「骨董品のような男だな。ひと昔前の体育会にも、そんな奴はいなかった」湯川は苦笑した。彼と草薙は帝都大学のバドミントン部に所属していた。

「それだけに、飲み屋の女に熱を上げたのは意外だったと細谷なんかはいっている。もっとも、そういうこれまで女性に対して免疫のなかった男だから、思い込んだら命がけになるのかもしれない、ともいっていた。まあ、同感だね」

「小杉が被害者と出会ったきっかけは、単にその飲み屋に入ったというだけのことかい」

「小杉によると、そうだ。ほんの気紛れで入っただけらしい。だから余計に運命的なものを感じたのかもしれない」

「運命的、ねえ」湯川は小さく首を振りながら室内に足を踏み入れた。まず最初に彼が目を留めたのは、チェストの上に置いてあるオーディオ機器だった。「いい機械を持っているな。これは去年出たばかりの新製品だ。シンプルだが、非常に音の再現性に優れているという話だ」そういうなり彼は電源を入れ、CDの再生スイッチを押した。スピーカーから流れてきた曲を聞いて、湯川は意外そうに目を見張った。「こいつは驚いた。『眠れる森の美女』だぞ。体育会系の男のイメージとは全く合わない」

「そんなことはいいから、早く幽霊の謎の解明にとりかかってくれよ」

「まあ、そう焦りなさんな」湯川は薄笑いを浮かべながら、台所の食器棚などを眺めている。

率直なところ草薙は、なぜ湯川が突然幽霊の目撃談に関心を抱くようになったのかわからなかった。被害者の手首に傷があったことに関係しているようだが、その関連についても見当がつかなかった。

しかしこういう場合、下手に質問しないほうがいいということを、草薙はこれまでの経験から心得ていた。

一階を一通り見た後、二人は二階に上がってみた。二階には六畳と四畳半の部屋があった。四畳半のほうは寝室として使われていたようで、小さな整理箪笥《だんす》が置いてあるだけだ。押入には、やや古びた布団が入っていた。六畳の洋室は仕事場だ。パソコン台、机、椅子を取り囲むように本棚が置かれている。本棚には、ファイルが何冊も並んでいた。それぞれのファイルの背表紙にはシールが貼ってあり、『プロ野球その1』とか、『大学ラグビー』、『陸上』といった項目が書き込まれていた。『フィギュアスケート』、『フェンシング』といったスポーツのファイルもあった。

「バドミントンはないな。やっぱりマイナースポーツなのかねえ」湯川がいった。

「それより、こんなところを調べても意味ないんじゃないか。細谷が被害者の幽霊を見たのは一階なんだから、早いところ下で実験をしてみてくれよ」

草薙がいうと、湯川は眼鏡の奥の目を丸くして彼を見た。

「ほう、実験ねえ。どんな実験をする？」

「それは知らないよ。目の錯覚の実験とか、そういうことをするためにここへ来たんじゃないのか」

「素晴らしい。理科に対してあれほど拒絶反応を示していた君が、そんなことをいうようになったか」湯川は草薙の肩をぽんと叩き、部屋を出た。そして階段を下りていく。

馬鹿にされたような気分を味わいながら、草薙は後を追った。

再び一階のリビングに戻ると、湯川は立ったまま窓のほうを向いた。

「距離にして数メートルか。幽霊の正体見たり枯れ尾花というが、そんな見間違いをする距離ではないな。その細谷という人物の視力はたしかなんだろう？」

「確認した。両目とも裸眼で〇・七らしい」

「〇・七……か」湯川は呟いた。

ステレオのスピーカーからは相変わらずクラシック音楽が流れていた。草薙はボリュームを落とそうと、ツマミを少し左に回した。途端に雑音がスピーカーから漏れた。

湯川が彼のほうを見た。

「いや、ちょっとボリュームを下げようと思ってさ」と草薙はいった。

だが湯川はそんな彼を無視してステレオに近づくと、自分でボリュームのツマミを動かした。そのたびに、バリバリという雑音が発生した。

「草薙、小杉の写真を持っているかい」

「いや、今は持ってないけど」

「じゃあ小杉はどういう風体の男だい。君の話からイメージすると、あまりお洒落に気を配ってそうにも思えないんだが」

「そうだな。はっきりいって野暮ったいタイプかな」

「髪形は？」

「どうということのないスポーツ刈りだよ」

「ははあ」湯川は頷き始めた。それから口元を緩め、意味不明の笑みを浮かべた。

「何だ、それがどうかしたのかい」草薙は訊いた。

湯川は室内を改めて見回しながら、何事か考えている様子だった。やがてステレオに目を戻すと、一つ大きく頷いた。

「草薙、今度の事件については、一から捜査をやり直す必要があるかもしれないぞ」

「何だと」草薙は目を剝《む》いた。「真犯人は別にいるというのか」

「いや、犯人はおそらく変わらないだろう。だけど、事件の性質のほうは全く変わってくる可能性がある」

「性質？」

「現時点では、衝動殺人と見られているわけだろう？　でも、本当にそうなのかな」

「衝動殺人じゃないとすれば、計画殺人だというのか。まさか」草薙は笑った。「あんな雑な計画殺人があるものか。何もかも行き当たりばったりなんだぜ」

「さっき僕は君にこんなふうにいった。何らかの幻覚を細谷という人物が見たにせよ、その同時刻に殺人が行われていたのはすごい偶然だと。すごい偶然が起きた場合、それはもしかすると必然だったのではないかと考えてみるのは、科学の世界では常識なんだ。つまりその時刻に幽霊が出たのも殺人が行われたのも、すべて最初から予定されていたことだったのではないかと仮定してみるわけだ。すると、じつはそのほうが辻褄《つじつま》の合うことが多いことに気づいた」湯川は断定的にいった。その目は科学者のものになっていた。

「辻褄？」

「君の話を聞いて、いくつか釈然としないことがあった。一つは、被害者が小杉を部屋に入れたということだ。どんなにしつこくされようとも、独身の若い女性が好きでもない男をあっさりと部屋に入れるなんてことは、ちょっと考えられない。僕は、小杉が強引に部屋に入ったんじゃないかと思う」

「そんなことをしたら被害者が声をあげるだろう」

「その余裕さえなかったんじゃないか。小杉はラガーマンだろ。本気で力を出せば、女の口を塞いだまま鍵を奪い、そのまま室内に入り込むことは難しくない。少なくとも、彼女を説得して部屋に入れてもらうよりはね。腕ずくでなきゃ、クロロフォルムを使うという手もある」そこまでしゃべってから湯川は、自分の言葉に納得したように頷いた。「そうだ、クロロフォルムがいい。それなら手首の傷にもうまく繋がる」

「それがわからない。手首の傷がどうだというんだ」

「釈然としない点の第二がそれだ。日常生活の中で、過って手首を切ってしまうなんていうことがあるだろうか。では自殺未遂か。しかし君の話からイメージされる長井清美という女性は、そういうタイプではなかった」

「それで？」

「犯人の小杉がやったことだと考えるのが妥当だろう。自殺だと見せかけるための工夫だよ。部屋に入る時にクロロフォルムを使ったならば、気を失っているわけだから手首を切る際にも抵抗されない」

「だけど実際には扼殺だった」

「計算違いなことが起きたんじゃないか。たとえばうまく血管を切れなかったとかさ。手首を切って自殺するというのは、現実には結構難しいという話を聞いたことがある」

「それは事実だ。手首を切ったといって大騒ぎしたが、じつは表面の皮膚を切っただけということがよくあるらしい。ためらい傷なんかもその一種だな」

「そうこうしているうちに被害者が目を覚ましてしまった。それで焦って首を絞めた――どうだい、この推理は」

ううむ、と草薙は唸《うな》った。

「しかしそれなら少しは現場に血が残っていたはずだ」

「小杉が掃除をしたに違いない。君たち警察も、どうせ扼殺だということで、血液反応なんかは調べてないんだろう」

「それは……」そうかもしれないなと草薙は思った。

「以上が計画殺人説の根拠だ。いうまでもないことだが、小杉が本当のことをいわないのは、同じ捕まるにしても、衝動殺人だということにしたほうが罪が軽くなると考えてのことだろう」

それは合点できることだった。計画殺人の場合、格段に罪は重くなる。

「じゃあ何か、幽霊が出たのも偶然ではないということか」

「そうなるな」湯川はすました顔でいう。

「だけど、その幽霊のせいで犯行が発覚したんだぜ」

「だから」と湯川はいった。「物事というのは、なかなか計画通りには運ばないというんだよなあ」

「どういうことなんだ、説明してくれよ」

「それは計画殺人の内容を明らかにすれば、自ずから判明することさ。まず君たちが考えるべきことは動機だな。計画的に人を殺そうと思う場合には、相当な動機が必要だ」

「それについては俺たちだって調べなかったわけじゃない。だけど小杉と長井清美の間には、飲み屋のホステスと客、惚れた男と惚れられた女という関係以外には何もなかった」

「見落としは何もないと断言できるかい？」湯川はいった。顔は笑っていたが、語気には鋭いものがあった。「被害者には多額の借金があったといってたな。そのあたりをもう少し調べたほうがいいんじゃないか。それから、猫と留守番だな」

「猫と留守番？　何だ、それ」

「事件当夜、小杉は猫を預かっていたんだろう？　だから急な取材が入った場合、留守番を雇う必要があったんだ。それが本当に偶然起きたことなのかどうか、もう一度調べてみてもいいんじゃないか」

「それも小杉が計画したことだというのか」

「もしも幽霊が計画されたものだったとすれば、だがね」そういってから湯川は中指を使って眼鏡の位置を直した。「いや、まず間違いなくそうだろう」

4

「ああ、その写真だったら、あたし、見せてもらいましたよ」カウンターのスツールに腰掛け、短いスカートから伸びた足を組んだ姿勢で、織田不二子はいった。煙草を挟んだ指先の爪は長く、銀色をしている。

草薙は新橋のクラブ『ＴａＴｏｏ』に来ていた。長井清美が働いていた店だ。時刻はまだ午後六時四十分。店内に客はいない。

「どんな写真だったか、覚えてるかな」

「覚えてますよ。気味の悪い写真。多磨霊園のそばで撮ったっていってました。変な形の木があって、そのそばに白い煙みたいなのが写ってるんです。清美ちゃんは霊じゃないかとかいってましたけど、何ともいえなかったなあ」

「多磨霊園ねえ……ほかにはどんな写真を見せてもらった？」

「それだけです。ほかにも何枚か撮ったけど、霊みたいなのは写らなかったっていってました」

「霊はともかく、その時に何か面白いものを撮影したとかいう話は聞かなかったかな」

不二子は首を傾げて少し考えてから首を振った。

「そんな話、聞かなかったと思いますけど」

「そうか。それでええと、それはいつ頃の話なのかな」

「清美ちゃんが写真を見せてくれた時？　それとも、彼女が写真を撮った時期のこと？」

「両方わかればありがたいな」

「写真を見せてもらったのは、二か月ぐらい前かな。彼女が写真を撮ったのは、たしか去年の十二月っていってたんじゃなかったかな」

「十二月ということは、四か月前だね」

「そうだ。クリスマスイブの一週間前っていってたから十二月十七日だ。本命のつもりだった男がほかの女の子をイブに誘ったもんだから、むしゃくしゃして一人でドライブに出て、そのついでに心霊写真でも撮ってやろうと思ったっていってた」

十二月十七日、多磨霊園――それだけをメモすると、草薙は礼をいって店を出た。

湯川と会った日から三日が過ぎている。彼のアドバイスに従って、長井清美の借金の状況などを改めて調べ直したところ、意外なことがわかってきた。彼女はここ二か月の間に、約二百万を返済しているのである。その金の出所については、全く不明だ。少なくとも、彼女が以前から貯金していた形跡がないことはたしかだった。

すると何か臨時収入を得るチャンスがあったということか。その点について細谷忠夫に尋ねてみたところ、彼の口からまたしてもオカルトめいた台詞が飛び出した。

このところ写真に凝っていた清美は、心霊写真を撮りにある場所へいった時、たまま何かとんでもない写真を撮ることになったらしい。そのことを彼女は、「あたしにとっては幸運な写真」と呼んでいたという。

細谷はそれらの写真を見たことはないといったが、仲のよかった織田不二子なら見せてもらったかもしれないということで、草薙が『ＴａＴｏｏ』まで来たというわけだ。

だがどうやら不二子も、その肝心の「幸運な写真」は見ていないようだった。

『ＴａＴｏｏ』を出た後、草薙は帝都大学に向かった。急いで捜査本部に戻る気にはなれなかった。動機に関してもう少し調べたいという草薙の意見を課長は尊重してくれてはいるが、事件はほぼ終わったという空気が本部内には漂っており、ほかの捜査員らからはやや白けた目で見られているからだった。

「ふうん……十二月十七日、多磨霊園か」

草薙の話を聞くと、湯川はパソコンの前に座り、素早くキーボードやマウスを操作し始めた。モニターの背が草薙のほうを向いているので、彼には画面が見えない。もっとも、見えたところで、湯川のしていることの意味が理解できるはずもなかった。

「幸運な写真って、どういう意味だと思う？　何か、すごい瞬間の写真を撮って、それがコンクールに入選したということかな。で、その賞金を借金の返済に当てた、とか」

草薙の思いつきを、湯川は鼻先で笑った。

「その長井清美という女性の個性から考えて、そんなことがあればあちこちで自慢するだろう。それに写真のコンクールに入選した程度で、二百万もの賞金が出るものなのか」

「まあ、それもそうだけどさ」草薙は頭を掻きむしった。

「その問題の写真は長井清美の部屋からは見つからなかったのか」パソコンの画面から目を離さずに湯川は尋ねた。

「うん。部屋を探したが見当たらなかった。ネガも写真もなかった」

「ということは、その写真が事件に関係している可能性は高いということだな」

「えっ、どうしてそうなるんだ」

「だってそうじゃないか。あるべきはずのものが、事件を境になくなっているんだ。関連していると考えるのが当然だろう」

「ああ……」そういう考え方もあるか、と草薙は湯川の顔を見返した。

「猫と留守番については、何かわかったかい」湯川が訊いてきた。

「調べてみた。たしかにいくつか奇妙な点はある」草薙は手帳を取り出して広げた。

「まず猫だが、飼い主は近所の本屋だった。夫婦二人で商売している小さな店だ。小杉とは顔馴染みで、猫もよくなついていたらしい。小杉に猫を預けることになったのは、その夫婦が息子や孫たちに会うため、十日間ほどカナダへ行くことになったからだ。息子は海外赴任中らしいな」

「この不景気な時代に、なかなか豪勢な話だな。しかし特に奇妙でもない」

「肝心なのはここからだ。どうやら小杉が自分から、猫を預かりたいといいだしたらしい。本屋のほうでは世田谷の親戚の家に預けることで話が決まっていたそうだが、彼の申し出を受けて、それなら近いほうがいいということで、彼に預けることにしたそうだ。もちろん、これまでにそういうことは一度もなかった」

「なるほど」湯川は頷いた。「話を続けてくれ」

「一方、事件当夜に小杉が大阪へ取材に出たことだが、これは出版社からの指示だった。ただし話をよく聞いてみると、突発的な取材というわけでもなかったらしい。前々から、この時期にするということは、小杉も知っていたはずだというんだな」

「つまり」湯川がパソコンから顔を上げた。「猫と取材がかち合ってしまったことには、小杉の意図が含まれていた可能性が出てきたわけだ」

「まあそうだが、その目的がわからない」

「簡単なことだ。猫を置いては家を空けられない。留守番を雇うことになる」

「留守番を雇うのが目的だったというのか。どういう狙いで？」

「決まっている。幽霊を見せるためさ」そういってから湯川は首を一度振った。「いや、この場合、幽霊といってはまずいな」

「何のことか、さっぱりわからん」

「その説明は後だ。それより、これを見てくれ」湯川はパソコンの画面を指差した。

草薙は湯川の横に行き、画面を見た。横書きの文章が並んでいた。

「何だ、これは」

「新聞記事を検索したんだ。ここを読んでみてくれ」

湯川が指したところを草薙は読み始めた。最初は訝《いぶか》しんでいたが、すぐに興奮してきた。それは次のような記事だった。

『一八日午前零時四五分ごろ、府中市××の市道で男性が倒れているとの通報があり、府中警察署員が駆けつけたところ、六〇歳くらいの男性が車にはねられて死亡していた。男性は頭などを強く打っており、即死状態だった。同署で、ひき逃げ事件とみて調べている。同署の調べによると、男性は道路を横断しようとして車にはねられたらしい。現場は多磨霊園のそばで、夜間は殆ど人通りがないという。』

草薙は大きく息を吸い込んでからいった。「これかっ」

「場所、日付、おおよその時刻、すべてが一致しているな」

「待てよ。すると長井清美は、このひき逃げの瞬間を撮影したというのか」

「その可能性大、だな。そうしてそれが彼女にとって、幸運の写真となった」

湯川のいいたいことが草薙にもわかった。

「ひき逃げの犯人を強請《ゆす》ってたというわけか」

「それなら二百万という金を突然手にしたとしても不思議じゃない」湯川は冷静な口ぶりでいう。

「そのことが今度の殺しと関係しているとすれば……ひき逃げ犯は小杉？」

「で、ないことはたしかだろうな。もしそうならば、小杉は脅迫者に交際を迫っていたことになる」

「小杉でないとすれば誰なんだ。小杉の家族か。それとも……」

「恋人だよ」湯川はいった。「人殺しをしてでも守りたい相手だ。愛する女に決まっている」

「しかし小杉は長井清美のことを……」そこまでいいかけて草薙も理解した。小杉が清美に接近したのは、元々目的があってのことだったのだ。「だけど小杉の部屋に、恋人のいる痕跡はなかった」

「当然だろう。そんなものは事前にすべて消してあるはずだ」

そうか、と草薙は呟いた。

「そうなると、どうやってその相手を見つけだすかだな。やはり地道に関係者を当たっていくしかないか」

「まあそうだろうが、さほど大変な作業でもないと思うね。何しろ、範囲はかなり絞られる」

「そうかい？」

「忘れたのか。小杉が口をきける女は、スポーツ選手にかぎられるといったのは君だぜ」

「ああそうか。だけど、女性のスポーツ選手なんて無数にいる」

「そうだろうが、夜中にそんなところを車で走っているスポーツ選手となると限られるんじゃないか」

「実業団の選手なら、会社が終わった後、遅くまで練習するという話を聞いたことがある。おい、ここに道路地図はあるか」草薙は本棚のほうに目を向けた。

「最新の地図があるよ」湯川がパソコンのマウスを操作した。数秒後、画面に東京都の地図がカラーで現れた。草薙が呆然とする前で、府中市の周辺が拡大された。

「あまり文明の利器に頼りすぎると人間性が退化するぞ」負け惜しみを一言いってから草薙は画面を凝視した。「府中といっても広いな。実業団チームを持っている会社なんて、いくらでもありそうだ。それにその女がもっと別の場所から来て、府中は単に通過しただけという可能性もある」

「通過するだけなら、もっと別の広い道があるだろう。そんなへんぴな道をわざわざ通ったということは、出発点か目的地のどちらかが、この付近にあるからだと思うね」

「そういわれてもなあ」

草薙は視線を画面上に走らせた。目が少し痛くなってくる。だが瞼《まぶた》を押さえようとした時、その文字が視界に入った。あっ、と彼は声を漏らした。

「何かあったか」と湯川が訊いた。

草薙は画面上の一点を指した。「これはどうだ」

彼が指したのは一つの建物だった。『アイスアリーナ・フレンド』と記されている。

「なるほど、スケート場か……」

「オリンピック選手なんかは、営業時間外に練習するというぜ」

「小杉の書棚には、『フィギュアスケート』と書いたファイルもあったな」そういって湯川は頷いた。

5

ダブルアクセルに入る前田千晶の滑りを見て、金沢頼子は思わず拳《こぶし》をぎゅっと結んだ。右足を振り上げてジャンプ。回転の形はいい。しかし着地で少しバランスを崩した。

頼子は口にマイクを近づけた。

「スピードが緩んだわよ。踏み切りも弱いっ」

指示が聞こえたのか、千晶の滑りのスピードが上がった。コンビネーションジャンプ。これはうまくいった。

フレンド・スケートクラブには小学生と中学生が合わせて二十名いるが、その中でも中学二年の前田千晶は別格の存在だった。頼子は千晶に賭けているといってもよかった。何とかこの子を世界の舞台に立たせたい――心の底からそう思っている。

その時だった。小学生指導員の石原由里が近づいていった。「あの、金沢先生。お客さんが見えてるんですけど」

「こんな時間に？　誰？」

「それが……警察の方らしいんですけど」

「警察……」

石原由里が後方を指した。入り口に、コートを着た男が二人立っていた。一方の男が、頼子を見て会釈した。胸に黒い雲が広がるのを彼女は感じた。

刑事の名は草薙と牧田といった。草薙のほうが地位が上のようだ。自動販売機の並ぶ休憩室で、頼子は彼等と向き合って座った。

「早速ですが、小杉浩一容疑者のことは御存じですよね」草薙が訊いてきた。「小杉が起こした事件のことも」

ここで下手にとぼけるのは得策とは思えなかった。「ええ、少し」と頼子は答えた。

「事件のことは、いつどこでお知りになりました？」

「いつだったかしら。ええと、たぶん次の日だったと思います。テレビのニュースで知りました」

「驚かれたでしょう？」

「それはもちろん……」

「そのショックのせいで、お休みになったのですか」

「えっ？」

「事件の翌日、ここのクラブをお休みになってますよね。先程、事務局の方から聞きました。主任指導員であるあなたが休まれるのは珍しいことだとか」口調は柔らかだが、その語りには隙がなかった。

しのがねば、と頼子は思った。

「単に体調がすぐれなかっただけです。ここで耐えなくては意味がない。小杉さんのこととは関係ありません」

「でも、小杉容疑者とはかなり親しくしておられたそうじゃないですか。特に取材がない時でも、彼はよくここへ来ていたという話を聞きましたよ」

「あの人は、うちの前田千晶に注目しておられたんです。別に……あたしに会いに来られたわけじゃありません」思わず声が尖《とが》った。

「そうですか。ところで事件が起きたのは今月の十日から十一日にかけての深夜ですが、十日はここのクラブは休みだったそうですね。金沢さんは、どちらにいらっしゃいましたか」大したことではないという軽い調子で、しかし重要な質問を投げかけてきた。

「ですから、その日あたりから体調が悪くなったので、ずっと家におりました」

「一歩も外には出ておられない？」

「はい」

「それを証明していただけると助かるのですが」人なつっこい目で草薙は頼子を見た。

彼女は眉を寄せた。

「どういうことでしょう。その日にあたしが何かしたとおっしゃるんですか」

するとこの瞬間、草薙刑事の顔からふっと笑いが消えた。

「事件当夜、あなたらしき姿が、妙な場所で目撃されているんですよ。小杉容疑者の自宅のそばで、です。もっとも目撃者はあなただと思わず、長井清美さんだと見間違えたようですがね」

ずきん、と頼子の胸が鈍く痛んだ。

「そんな馬鹿な。どうしてあたしがそんなところへ？」顔がひきつるのを防げない。

「小杉容疑者のアリバイ工作のため、と我々は考えています」

「何を……」

「我々の推理はこうです。あなたは長井清美さんに化け、あの日の午前一時頃、小杉容疑者の家を訪れるつもりだった。そこにはもちろん彼はいない。いるのは彼から留守番を頼まれた山下さんで、彼は長井清美さん本人を知らない。あなたが長井清美だと名乗れば、疑うことはないでしょう。山下さんが小杉は留守だというのを聞けば、あなたはもうその場を立ち去る予定だった。一方、それより少し前に小杉容疑者は、本物の長井清美を自殺に見せかけて殺しておく。そして午前一時には、仕事仲間と合流するわけです。それが成し遂げられたなら、小杉容疑者には完璧なアリバイが生じることになる。無論警察は山下さんに長井清美さん本人の写真を見せ、本当にこの女性だったかと尋ねるでしょう。しかし人間の記憶とは曖昧なものです。全く違う格好をしていたならともかく、服装、髪形、化粧の仕方まで似せてあったなら、そして年齢が近く体格も同じようであったなら、訪ねてきた女は別人だったとは山下さんもなかなかいえないでしょう。あなた方は、その曖昧さに賭けたのです」

「冗談いわないでください。あたしがそんなことをするわけないでしょ」頼子は懸命に平静さを保とうとした。だが声は絶望的に震えていた。

「あなたは携帯電話をお持ちですよね」草薙はいった。「小杉容疑者も持っています。そしてあの夜の午前一時十五分、彼があなたに電話をかけていることが確認されています。通話時間は約五分です。教えてください。その時あなた方の間では、どのような会話が交わされたのですか」

電話——。

あの時の呼び出し音を頼子は思い出した。記録が残ることを考え、余程のことがないかぎりは電話をしないことになっていた。それが鳴ったのだ。彼のほうも計画が失敗したのだ、と直感した。

頼子は俯いた。何とかこの局面を切り抜けねばならない。しかし、おそらく裏付け捜査を十分に行っているに違いない刑事たちに対し、どんな釈明が可能だろう。

それに、と彼女は思った。彼一人を犯罪者にしたままでいいのだろうか。

すると、草薙刑事がぽつりといった。「きっかけはやはり、例のひき逃げですか」

頼子は思わず顔を上げた。目の前にあったのは、草薙の柔らかい眼差しだった。

それを見た途端、彼女の心の壁が崩れた。

草薙のいうとおりだ。すべての発端は、あの寒い日に起きた事故だった。あんなところで人が突然横切ることなど、全く予想していなかった。おまけに頼子はその頃スランプに陥っていた前田千晶のことで頭がいっぱいだった。そのせいでブレーキを踏むのが、コンマ何秒か遅れた。ヘッドライトの光の中で人が舞った。

車から降り、様子を見た。倒れているのは男性だった。全く動く気配がなかった。死んでいる、殺してしまった――血が逆流を始めた。

気がついた時には頼子は現場から走り去っていた。ごめんなさい、ごめんなさい、だってあたしには、まだしなければならないことがたくさんあるの――心の中で弁明を繰り返していた。

いずれ警察が来るのではないかという思いが、その後も彼女の胸中を支配し続けた。自分のしたことの重大さに気づき、日に日に恐ろしさが増した。

だが警察は来なかった。そのかわりに現れたのが長井清美だった。

彼女は一枚の写真を頼子に見せた。そこにはあの場所で車から降りた時の頼子の様子が、見事に写っていた。たしかにあの時、一瞬光を浴びたような気がしたのだが、まさか写真に撮られているとは思わず、またそれを確認する余裕もなかった。しかし見せられた写真では、ジャンパーにプリントされたスケートクラブの名前まで読みとれた。清美がひき逃げ犯人の身元を突き止められた理由は、それで明らかになった。

とりあえず一千万円、と清美はいった。それが口止め料だという。

「とりあえずってどういうこと？　それを払ったら、また強請る気じゃないの」

「さあ、それはわかんない。その時になってみないと」

そんなに払えないと頼子がいうと、分割払いでもいいと清美は答えた。

「急いでね。あたし、カードのローンが増えちゃって、困ってるの」無邪気ともいえる口調だった。

後日頼子は銀行預金をおろし、二百万円を渡した。

「じゃあまたお金ができたら連絡してね。もし、あまり待たせるようなら、こっちから催促しに行くから」札束をバッグにしまいながら清美はいった。

このままではだめだ、一生つきまとわれる。悩んだ末、頼子は小杉に相談した。彼とは一年近く前から特別な関係にあった。ただし、そのことは誰にも秘密にしてあった。

ひき逃げと脅迫という二つの難問を与えられ、小杉はさすがに苦悩の表情を浮かべた。しかし最後にはこういった。「よし、俺がなんとかしてみる」

その声が頼子には、何と頼もしく聞こえたことか。

だが小杉のやろうとしたことは、あまりにも無謀だった。彼は清美に近づき、親しくなって、ひき逃げの証拠品を奪おうと考えたのだ。しかし女性との交際経験の少ない彼には、それは難しかった。

そのうちに清美から頼子のところへ催促の電話がかかってきた。今月中に最低百万円を出さなければ、写真を警察に送るというのだった。

最終的に決断を下したのは小杉だった。この世から葬るしかない、と彼はいった。

「でも、うまくいくかしら」

「うまくいくさ。俺は今まで、ここ一番でしくじったことがないんだ」

小杉の立てた計画は複雑なものだった。何よりも頼子を驚かせたのは、彼女が清美に化けて小杉の家へ行くという点だった。

「大丈夫、留守番に雇う山下という男は、かなり神経が雑にできている。君と清美は背格好が似ているから、服装と髪形を似せれば簡単に騙せるさ」

「服装って……」

「彼女のイメージカラーは黄色だ。黄色の服を着ていけば、誰もが山下の見た女が清美だったと思うさ」

「でももし死んでいる時と服装が違ったら、警察は怪しむんじゃない」

「清美は自宅で自殺するんだ。帰宅してから普段着に替えたと思われるだけだよ。万一、別の色のスーツか何かを着ていたら、何とかして着替えさせる」

山下に会ったら、なるべく深刻そうな顔をして、借金のことで小杉に相談したいことがあってやって来たのだ、と述べることになっていた。小杉のアリバイを作ると同時に、清美の自殺をもっともらしくするためだった。

その問題の偽装自殺の方法は、聞くからに危ういものだった。清美が帰ってくるところを待ち伏せし、エーテルを嗅がせて気絶させる。鍵を使って侵入した後、ひき逃げの証拠品を探し出し、最後に彼女の手首を切って浴槽に浸ける、というのだ。

危ういけれどやらなければならない、と彼はいった。このままではすべてを失うことになる、と。

彼がそこまでいう以上、頼子としては従わざるをえなかった。元々、すべての責任は自分にあるのだ。

そしてあの問題の夜になった。

タクシーで小杉の家の近くまで行った彼女は、深呼吸して家に近づいていった。時刻は午前一時よりも少し前だった。

彼女は玄関のベルを押そうとした。その時だった。中からかすかに声が聞こえてきた。おい山下、寝たのかよ――そんなふうに聞こえた。

ほかに誰かいる。すぐにそう気づいた。同時に焦った。相手が複数では、危険度が増すのではないか。

そのうちに部屋の明かりが消えた。一体中には誰がいるのか。清美、と。

頼子は窓のそばに立ち、中の様子を窺おうとした。さらに相手は小さく叫んだ。清美、と。

だがその時、闇の中にいる男と目が合った。さらに相手は小さく叫んだ。清美、と。

相手は長井清美を知っている——瞬時にそのことを悟った彼女は、急いでその場を立ち去った。通りに出て身を屈めた時、清美っと先程よりも大きな声で叫ぶのが聞こえた。

小杉から電話がかかってきたのは、それから少ししてからだった。

「ごめん、しくじった」彼の声は深い井戸の底から聞こえてくるように暗かった。

「やらなかったの？」

「いや、やったよ」少し間を置いてから続けた。「清美を殺した」

「だったら……」

「自殺に見せかけられなかったんだ。途中で目を覚まして騒ぎだしたから思わず……」

「そんな……」

「でも大丈夫だ。例の証拠品は見つけた。見つけてすぐに処分した。手首の傷も、前に負ったもののようにカムフラージュしておいた」

頼子は唇を嚙んだ。何といえばいいかわからなかった。

「君のほうはどうだった」

「それが……」頼子は事情を説明した。留守番が二人になっていたことは、小杉も予想外だったようだ。

「そうか。でもそれは仕方がないな。後は運を天に任せるだけだ」

「どうなるかしら、あたしたち」

「大丈夫だよ。きっとうまくいくさ」彼は無理矢理に明るい声を作っていた。

しかし運は彼等に味方してくれなかった。

6

「――と、いうわけさ」長い話を終え、草薙は椅子の上で伸びをした。「殆どおまえの推理したとおりだった。恐れ入ったよ」

「別に難しい推理じゃないさ。一つ一つ答えを積み重ねていけば、誰でもゴールに到達できる」面白くもない、といった顔で湯川はインスタントコーヒーを飲んだ。

「どうして幽霊の正体は共犯者だとわかった」

「それは考えようによっては一番簡単な推理だろう。殺されているはずの女が、全く別の場所で目撃されたとなれば、何かトリックが使われたに決まっている。で、それは何のためのトリックかと考えれば、アリバイトリックとしか思えない」

「だけどそのためには女の共犯者がいるじゃないか。小杉の周囲には女の気配は全くなかったのに、おまえは迷わなかった。なぜなんだ」

「迷わなかったわけじゃない。だからこそ小杉の部屋を見たんだ。そして親密な関係の女がいることを確信した」

「部屋を見て？　あの、女っ気の全くない部屋に何かヒントがあったか」

するとと湯川はにやりと笑い、「ガリだよ」といった。

「ガリ？　何だ、それ」

「小杉のステレオはボリュームのツマミを回すと雑音が出ただろう。あれのことを音響機器メーカーの業界用語でガリというらしい。たぶん音がガリガリいうからだろう」

「ああ、ステレオが古くなると、よくあんなふうになるよな」

「問題はそこだ。小杉のステレオは、まだ新しかった。それなのに、なぜガリが出るようになったのか。そもそもガリの正体はシリコン化合物なんだ。ツマミに付けられた潤滑油が空気中に漂うシリコン微粒子と結びついて、そんなものを作るらしい」

「おまえが博学なのはよくわかったけれど、それと女とどういう関係がある」草薙は苛立って訊いた。

「ある音響機器メーカーで、こんな奇妙なデータが得られた。ラブホテルに納入されたステレオは、通常よりもずっと早い時期にガリが出るというものだった。優秀な研究者たちは必死になってその原因を調べた。そしてついに一つの結論に達した」湯川は人差し指を立てた。「原因は女性の使うヘアスプレーにあったんだ。あの中に含まれるシリコンが、ステレオ機器内に侵入していたわけだ」

「ヘアスプレー……」草薙は、湯川から受けた質問を思い出した。「それで小杉の髪形を訊いたのか」

「スポーツ刈りだとスプレーは必要ないだろうからな」湯川はにっこり笑ってマグカップを持ち上げた。

「そういうことか。女の痕跡といっても、いろいろあるものだな」

「見えるものから、見えないものまでいろいろとね。ところで、かわいそうな犯人たちはどうしている？」

湯川の質問に、草薙はため息を一つついていった。

「毎晩、それぞれが殺した人間の亡霊におびえているさ」

「亡霊は、心の中にいるからな」

湯川は窓のカーテンを大きく開けた。

第三章　騒霊ぐ

さわぐ

1

朝刊には大した記事は載っていなかった。草薙俊介は紙パック入りの牛乳をストローで飲みながら、スポーツ欄に目を通した。彼の応援している読売ジャイアンツが、九回裏で逆転サヨナラ負けを喫していた。彼は顔を歪め、新聞を閉じた。それからパジャマの中に手を突っ込み、脇腹をぽりぽりと掻いた。カップラーメンの空き容器が載ったテーブルに、五月の陽が当たっている。ゴールデンウィークを過ぎてから、よく晴れた日が続いていた。草薙はストローの音をたてて牛乳を飲み干すと、紙パックをそばの屑入れに放り込んだ。すると満杯状態だった籐製の屑入れから、逆にゴミがいくつかこぼれ落ちた。コンビニ弁当の空き箱だとか、サンドウィッチの包み紙などだ。自炊を殆どしない彼の屑入れは、これらコンビニ食品関連のゴミで占められていた。

うんざりしながらゴミを拾い、ついでに１ＤＫの室内を見回した。布団は敷きっぱなしだし、床は日常の通り道以外、足の踏み場が全くない。これでは恋人が出来ても連れ込むこともできやしないと、自分で情けなくなった。

掃除でもするかと思い、立ち上がったところで電話が鳴った。草薙は週刊誌の山の中からコードレスホンの子機を見つけだし、電話に出た。

かけてきたのは森下百合だった。草薙の実姉だ。

「なんだ、姉貴かよ」

「なんだ、はないでしょ。あたしだって、用がなきゃ、あんたのところになんかかけたくないわよ。仕方がないからかけたのよ」百合は早口でまくしたてた。草薙は昔から、この姉に口喧嘩で勝ったことがない。

「わかったよ。用って何だ」

「あんた、今日非番でしょ」

「よく知ってるな」

「お母さんから聞いたのよ」

「ああそうか」

草薙の両親は健在で、江戸川区に住んでいる。法事のことで、彼は三日前に母と電話で話していた。

「ちょっと相談に乗ってほしいことがあるの。午後二時か三時に、新宿あたりまで来てくれない？」

「今日、これから？　ずいぶん急な話だな」

「急ぎの用なの。いいでしょ、どうせデートする相手もいないんだし」

「だから姉貴とデートかよ。冴えない話だな」

「心配しなくても、あたしだってあんたと二人だけで会うほど暇じゃないわよ。もう一人女性を連れていく。その子の相談に乗ってやってほしいの」

「ふうん」女性と聞いて心が動いた。「どういう知り合いだ」

「友達の妹さん」そういってから百合は付け加えた。「美人よ。昔は何かのコンパニオンをしてたこともあるんだって。あんたより、五歳くらい下じゃないかな」

「ふうん」乗り気になった。「まっ、そんなことはどうでもいいけど」

「会ってくれるわね」

「仕方ないな。かなり困ってるのかい、その人」

「そう。すごく困ってるの。あたしも話を聞いてみて、あんたに相談するのが一番いいと思ったのよ。ぜひ相談に乗ってあげて。きっとすごく頼りにすると思う」

「わかった。いいよ。で、相談内容ってのは、どういうことなんだ」

「詳しいことは会ってから話すけど、一言でいうと失踪事件ね」

「失踪？　誰がいなくなったんだ」

「彼女の御主人よ」

新宿駅西口側にある高層ホテルのティーラウンジで、草薙は百合たちと待ち合わせた。姉にうまく騙された、という思いを彼は持っていた。相談者が人妻だと最初に聞かされていたら、せっかくの非番をこういう形で潰すことはなかったかもしれない。

百合たちはすでに来ていた。彼が入っていくと、百合は奥の席から手を振った。横に座っている女性は、たしかに若くて美人だった。しかし明らかに人妻と思える落ち着いた雰囲気も持っていた。人の嫁さんじゃあなと思いながら、彼は近づいていった。

百合がお互いを紹介した。女性の名前は神崎弥生といった。

「このたびはお休みのところ、申し訳ございません」弥生は頭を下げた。隣で百合が、いいのよこの子は暇なんだから、といった。

「御主人が行方不明だとか」草薙から本題に入った。

「はい」と弥生は頷いた。

「いつからですか」

「五日前です。その日、会社に出ていったきり、帰ってこないんです」

「五日……警察には届けましたか」

「届けました。でも、今のところ何も手がかりがないみたいで……」彼女は俯いた。

弥生の夫、神崎俊之は、健康機器メーカーでサービスエンジニアをしているという。

老人ホームやリハビリセンターなどに納入した器具のメンテナンスに回るのが主な仕事らしい。会社にいることは殆どなく、一日中ライトバンで動き回っているという話だった。

会社の説明では、俊之は五日前の午後に会社を出ている。その後、ライトバンごと消えてしまったわけだ。

「会社の方も、主人が立ち寄りそうなところを全部調べてくださったんですけど、行方はわからないんです。八王子にある老人ホームを出たのが午後五時頃で、その後の足取りが摑めないみたいです」

弥生は努めて冷静に語ろうとしているようだった。抑制された声が、それを示していた。だが目の周りがほんのりと赤くなっていることに草薙は気づいた。

「事故とかに遭ってないのなら、いいんだけどね」百合が不安そうにいった。

「断言はできないけれど、事故の可能性は低いと思うな」

「そうかしら」

「失踪の届けを受けた場合、警察が真っ先にすることは、全国の事故情報との照合だからな。ライトバンごと事故を起こして、まだ確認されないというのは考えにくいんじゃないかな。ものすごい田舎ならともかく、御主人が最後にいた場所は八王子なんだから」

彼の説明を聞き、それもそうね、と百合も呟いた。

「御主人が自分の意思で失踪した可能性についてはどうですか。全く考えられませんか」草薙は弥生に尋ねた。

「考えられません」彼女はかぶりを振った。「あの人がそんなことをする理由、何ひとつ思いつきません。それに、着の身着のままで家出するなんてことあります？」

「家の中のもので、何かなくなっているものはありませんか。たとえば預金通帳とか」

「警察の人にいわれて調べました。なくなっているものは何もありませんでした。少なくとも、お金になるようなものは、あの人は何も持っていなかったと思います」

「そうですか」草薙は頷いた。

無論、自分の意思による失踪の可能性が消えたわけではない。着の身着のままで、ふらりと行方をくらましてしまう人間が案外たくさんいることを、草薙は知っていた。また計画的な失踪でも、本人の意思を示すものがすぐには発見されないケースがある。銀行預金は巧みに移され、家にある貴重品も徐々に運び出されていたりするのだ。

「お話はよくわかりました」草薙はいった。「でも率直に申し上げて、私にお力になれることはあまりないように思います。警察に届けておられるのでしたら、まずはそちらからの連絡を待つよりないんじゃないでしょうか」

「冷たいのね」百合が睨《にら》みつけてきた。

「だって俺だって同じ警察官だぜ。俺にできるようなことは、地元の警察だってやってくれるさ。逆にいうと、地元の警察が何も打つ手がないようなら、俺も同様だってことだ」それに何より自分の本職は殺人事件の捜査であって家出人探しではない――この台詞は心の中で呟くだけにしておいた。

百合は黙り込んだ。気まずい空気が漂う中、草薙はコーヒーを飲んだ。少しぬるくなっていた。

「あの……」弥生が顔を上げ、真っ直ぐに草薙の顔を見つめてきた。「一つ、気になっていることがあるんです」

「何ですか」

「八王子の老人ホームを出た後、主人が立ち寄ったんじゃないかと思える家が、一軒あるんです」

「ははあ……どこですか」

「主人は以前、今の会社で、浄水器の販売に携わっていたことがあるんです。その時はどちらかというと、個人のお宅を訪ねることが多かったようです」

「それで？」

「その頃、ある独り暮らしのおばあさんと親しくなったらしいんです。浄水器のメンテナンスの時以外にも、近くまで行った時には立ち寄ったりしていたみたいです。主人によると、足腰が不自由だし心臓も悪いようなので、つい気になってしまうということでした」

「今でも頻繁に様子を見に行ったりされてたんですか」

「一か月に一度ぐらいの割で、行ってたように思います。時々、そのおばあさんからいただいたとかいって、饅頭やお菓子を持って帰ってきました」

「そのおばあさんの家というのは、どちらですか」

「府中です」

弥生はバッグを開け、年賀ハガキを取り出してテーブルに置いた。万年筆で書かれた文字はなかなかの達筆だった。差出人の名前は、高野ヒデとなっていた。住所はたしかに府中だ。

「この高野さんには連絡をお取りになったのですか」ハガキをひらひらさせながら草薙は訊いた。

「そこに電話してみました」

「高野さんは何と？」

「それが……」弥生はいったん俯いた。何かをためらっているように見えた。やがて再び顔を上げていった。「高野さん、お亡くなりになってたんです。つい数日前に……」

2

帝都大理工学部物理学科第十三研究室のドアを開けると、青白く吹き出す炎が見えた。白衣を着た湯川学が、ガスバーナーを持って立っていた。

「なんだ、ノックもしないで」湯川が怒鳴ってきた。バーナーの音がうるさいからだ。

「したけど返事がなかった」草薙も怒鳴り返した。

湯川はいったん火を消し、バーナーを置いた。そして白衣を脱ぎ始めた。

「熱い。やっぱりこの実験は室内向きじゃないな」

「実験？　何の実験だ」

「ごくごく簡単な、電気の実験だよ。小学生の時にやっただろ？　電池と電球を繋いでスイッチを入れる。すると電球が点《とも》って明るくなる。あの実験だ」

湯川は実験用机の上を指した。

そこには彼のいうように、電源と思われる四角い箱と、ソフトボール大の電球が二本の電線によって繋がれていた。それだけなら小学生の実験と変わらないが、片方の電線は途中に数センチのガラス棒を繋いであった。

「なんだ、このガラス棒は」草薙は訊いた。

「ガラス棒だ」と湯川は答えた。

「ガラスは電気を通さないだろう。いや、それともこれは特殊素材か」

「どう思う?」湯川はにやにやした。この若き物理学者は、かつての同窓生が科学に関してとんちんかんな受け答えをすることが、楽しくて仕方がないらしい。

「わからないから訊いてるんだ」

「訊く前に自分で試してみろよ。スイッチを入れればいいだけのことだ。そう、その箱の上についているのがスイッチだ」

湯川にいわれ、草薙はおそるおそるスイッチを入れた。もしやとんでもないことが起こるのではと一瞬身構えたが、何も起こらなかった。

「なんだ、やっぱりだめじゃないか」

「特殊素材なんかじゃない。ふつうのガラスだよ。ガラスは絶縁体だ。電流は流れない」

「だったら……」

「しかし、こうしてやったらどうだ」

湯川はライターの火をつけ、それでバーナーに点火した。ゆらゆらと燃え上がる炎が、空気量を調節してやることで、鋭く青白い炎に変わった。彼はその炎をガラス棒に近づけていった。ガラス棒の下にはレンガを置いてある。

3

神崎弥生から草薙のところへ電話があったのは、新宿のホテルで会ってから約二週間が経った頃だった。その間、草薙は彼女の力になるようなことは何ひとつしていなかった。ある事件の犯人が逮捕されたため、その証拠固めと確認調査に追われてもいた。

「すみません。いろいろと忙しくて……。一度、様子を見に行こうとは思っていたんですが」草薙は、つい言い訳の口調になっていた。「警察からは何もいってきませんか」

「ええ。一度問い合わせたんですけど、要領を得ない返事しか聞けませんでした」

「そうですか」

そうだろうな、と彼は思った。警察が失踪者のことを思い出すのは、身元不明死体が見つかった時ぐらいだ。

「あのう、草薙さん、じつはあたし、あれから何度か、高野さんの家に行ってみたんです」ややためらいながら弥生はいった。

「何かありましたか」

「いえ、あったというほどではないんですけど、少し妙なことが……」

「妙といいますと」

「あの人たち、毎晩どこかへ出かけていくんです。しかも判で押したように同じ時刻に」

「ちょっと待ってください。神崎さん、あなたは毎晩その家を見張っているのですか」

草薙が訊くと、弥生は沈黙した。かすかに息遣いが聞こえる。

「いや、別に責めているわけじゃありません」草薙はあわてて補足した。「どうしてそれほどその家のことを気にされるのかと思いまして」

「それは……勘です」

「ははあ、勘ですか」

「お笑いになるでしょうね。刑事さんに向かって勘だなんて」

「いや、そういうことは」

「あたし、主人が最後に立ち寄ったという八王子の老人ホームにも行ってみたんです。そこであの日主人と言葉を交わしたというおばあさんにも会いました。優しい言葉をかけられてとてもうれしかったと、そのおばあさんはおっしゃってました。その瞬間、あたしは思ったんです。ここからの帰りにあの人が、高野さんの家に寄らないはずがないって。老人ホームに立ち寄った時、高野ヒデさんのことを思い出さないはずがないって」

今度は草薙が黙り込む番だった。弥生の話には説得力があった。たしかに勘ではある。

しかし根拠のないものではない。論理的な勘とでもいおうか。そんな言葉を湯川学が聞いたなら、げんなりするかもしれないが――。

「毎晩同じ時刻に出ていくとおっしゃいましたね」先程の弥生の話を思い出して草薙はいった。「行き先までは確認しておられないのですか」

「はい、行き先までは。なんだか、あの、少し怖くて……」彼女は口ごもった。

草薙は彼女の意図を察した。何を期待して電話してきたのかも理解した。

「わかりました」と彼はいった。「明日の夜なら時間があります。一緒に見張ってみましょう」

翌日の午後七時半、草薙は弥生と二人で赤い軽自動車の中にいた。この車は神崎家のマイカーらしい。だが俊之が運転することは殆どなかったと彼女はいった。

「たぶん仕事でさんざん運転しているから、休日ぐらいは解放されたかったんでしょう」

こんなふうにいう彼女の横顔には、すでに夫の生存を諦めている気配があった。

二人の乗る車は道路脇に止められている。道を挟んで反対側には、古い日本家屋が並んでいた。いずれも昭和四十年代に建てられた雰囲気だ。左から三軒目が高野家である。見たところ、さほど広くはない。敷地は三十坪ぐらいかなと草薙は判断した。

弥生によると、現在住んでいるのは二組の夫婦だ。一組が高野ヒデの甥夫婦で、もう一組はどうやら、甥の妻の兄夫婦らしい。少なくとも近所の人間には、そのように漏らしているようだ。

「でも」と彼女はいった。「あの人たち、近所の評判は全然よくないんです。高野ヒデさんと同居し始めた頃は、愛想のいい態度を見せてたみたいなんですけど、ヒデさんが亡くなった途端、がらりと態度を変えて、今じゃ挨拶もろくにしないそうです」

「その四人は、どんな経緯で高野ヒデさんと同居することになったんですか」

「ヒデさん自身は近所の人に、会社をクビになって社宅を追い出された甥夫婦が身を寄せて来た、と説明しておられたみたいです。もう一組の夫婦については、あれもまあ親戚みたいなものだと話しておられたそうです」

「ふうん」釈然としない話だなと草薙は思った。「会社をクビになったという話ですが、今は何をしているんですか。やっぱり働いてないんですか」

弥生はこっくりと頷いた。

「近所の人の話では、一日中ぶらぶらしているみたいだということです。甥とかいう人だけでなく、もう一人の男の人も」

「そっちも失業中で宿無しということかな」

「だけど」弥生は首を小さく傾げた。「そのわりには、お金に困っているという感じもしないんです。身に着けているものも、そう安くはないようだし」

「へえ」

「仕事を探しているふうでもないんです。とにかく、四人ともいつも家にいるんです」

「だけど夜八時になると……」

「ええ」弥生は頷き、斜め前方に目を向けた。「四人全員が出ていくんです」

草薙は腕時計を見た。その八時になろうとしていた。

八時三分前になって、まず男が家から出てきた。太った男だった。白いポロシャツの腹の部分が、妊婦のように突き出ている。続いて女が出てきた。三十代半ばか、もう少し上といったところだった。痩せていて、化粧が濃い。

その二人が家の前で待っていると、さらに二人の男女が現れた。二人とも小柄だった。男はスポーツウェアの上下を着ており、長い髪を後ろで縛っている。女はジーンズのジャケットを羽織り、地面に触れそうなほど長いスカートを穿《は》いていた。どちらも三十前後に見えた。

「あたしが訪ねていった時、玄関に出てきたのは、あの白いポロシャツの人です」弥生がいった。

「彼等は車は持ってないということでしたね」

「ええ。いつもぶらぶらと、揃って歩いていくんです。何度か尾行しようと思ったんですけど、あたしは顔を見られているし……」

「わかりました。あなたはここにいてください」

草薙は車を降りると、足早に四人の後を追った。

二組の男女は駅に向かって歩いていくようだった。年下のカップルが前を歩き、その後を中年の二人がついていくという感じだ。草薙が後方から観察したかぎりでは、お互い殆ど言葉を交わさない。一日中一緒にいるわりには、あまり親しそうには見えなかった。あるいは、四六時中顔を見ている仲だからこそ、もう話すこともないのかもしれない。

決まった時刻に外出するのは単に食事に出ているだけではないか、と最初草薙は考えた。だが弥生はそれはありえないという。寿司屋の出前をとった日でさえ、午後八時になると出かけていくのだそうだ。

何かのカルチャースクールに通っているようにも見えないしな――前方を行く四人との距離を慎重に保ちながら、草薙は思った。

やがて商店街に近づいてきた。といっても、この時間になると開いている店も少ない。四人は速度を変えることなく歩いていく。

突然彼等が立ち止まった。少し言葉を交わした後、そばの店に入り始めた。焼肉店だった。

なんだ、やっぱり晩飯か——。

だとしたら当分は出てこないだろう。どうやって時間を潰そうかと草薙は周囲を見回した。

しかし四人の動きに変化があった。店に入ったのは白ポロシャツの男と若いほうのカップルだけで、年嵩《としかさ》の女だけはそのまま歩きだしたのだ。草薙は迷わず、女の後をつけることにした。

女はパーマのかかった長い髪を触りながら、商店街を歩いていく。時折、本屋などに目を向けるが、立ち寄ろうとはしない。何かあるな、と草薙は感じていた。

ところが——。

女はパチンコ店の前まで来ると、ためらいなく中へ入っていった。草薙は怪訝に思いながら、後に続いた。

女はしばらく店内を歩き回った後、列の中程にある台の前に腰を落ち着かせた。そして玉を買い、弾き始めた。草薙は彼女の姿を確認できる席に座り、怪しまれない程度に玉を弾くことにした。パチンコは久しぶりだった。

誰かとここで会うのだろうか。そんなふうにも考えた。しかし誰も女には近づかなかった。女も真剣にパチンコだけを楽しんでいるように見えた。そうして約一時間が過ぎた。

腕時計に目を落とし、未練がましく台を睨んでから女は立った。どうやら敗北に終わったようだった。他人が弾く様子を眺めながら、彼女は出口に向かった。草薙も急いで後を追った。

女は来た道を戻り始めた。寄り道する気配もなかった。やがて先程の焼肉店の前まで来ると、ドアを開け、中を覗いた。しかし入ろうとはしなかった。

店内から三人が出てきた。白いポロシャツの男は爪楊枝を使っていた。ビールを飲んだらしく、幾分顔が赤くなっていた。男に何か訊かれ、女は首を振った。パチンコ店での戦績を尋ねられたのだろう。男は薄笑いを浮かべた。

四人は家に向かって歩きだした。来た時と同じように、怠惰な歩調だった。彼等の周囲からは、何の意図も目的も感じられなかった。三人は空腹を満たすために、一人はパチンコに興じるために外出したとしか草薙には思えなかった。ではなぜそれが毎晩八時なのか。単に正確な習慣というだけなのか。

結局そのまま家に帰ってきてしまった。四人が中に入るのを見届けて、草薙は弥生の車に戻った。

彼は事の次第を彼女に報告した。

「どうも何か意味のある行動とは思えないんですよね。あと何かあるとすれば焼肉店の中で彼等が何をしていたかということですが、どう見ても単に飯を食ってきただけという感じなんですよね」

どう思いますか、と彼は弥生の横顔に問いかけた。だが同時に、はっとした。彼女の顔がひどく青ざめていたからだ。

「何かあったんですか」と草薙は訊いた。

弥生は唇を舐めた。それからゆっくりと彼のほうを向いた。

「草薙さんが尾行しておられる間、あたし、家のほうに行ってみたんです。何か手がかりが得られないかと思って……」

「それで？」草薙は胸騒ぎを感じた。

「本当は中に入ってみたかったんです。でも鍵のあいているところはありませんでした」

「無茶なことを」

「ところが」彼女は大きく深呼吸した。「突然、中から物音が……」

「えっ」草薙は目を見開いた。

「あたしが窓の近くにいる時でした。家具が壁に当たるような音が聞こえたんです。それから、まるで誰かが駆け回っているような音も……」

「声は？　声はどうでした？」

彼女はかぶりを振った。「声は聞こえませんでした」

「それであなたはどうしたんですか」

「主人かもしれないと思って、窓を叩いてみました。主人が監禁されているのかもしれないと思って……。でも返事はありませんでした。やがて物音も聞こえなくなりました。窓にはカーテンがしてあって、中の様子は全く見えないんです」

草薙は自分の鼓動が激しくなっているのを感じた。あの家には四人以外に住んでいる者がいるのか。

「草薙さん、あれはやっぱり主人じゃないでしょうか。監禁され、声も出せない状態なんじゃないでしょうか。それであの人たちが出ていった時に、助けを求めてもがいているんじゃあ……」

弥生は興奮していた。そのせいでやや冷静さを欠いているふしもある。だが彼女の言葉を妄想と決めつける根拠はなかった。

「わかりました。ちょっと待っていてください」

草薙はもう一度車から降り、高野家に向かって歩きだした。

家の周囲には古い板塀が巡らされていた。そのせいで背伸びをしても中の様子を窺うことはできなかった。彼は息を整え、頭の中を整理してから門の前に立った。そこにはプラスチック製のブザーがついていた。彼はそれを押した。

十数秒して、玄関の引き戸が開けられた。建て付けが悪いらしく、がたがたと戸が揺れた。その向こうから男が顔を見せた。若いほうの男だった。

「夜分申し訳ありません」にこやかな表情を作り、草薙は入っていった。「ちょっと確認したいことがありまして」

「何ですか」男は眉を寄せた。神経質そうな顔になった。

草薙は警察手帳を見せた。若い男の顔が一層曇った。

「近所から通報がありましてね、この家で誰かが暴れている、という内容なんですが」

「別に誰も暴れちゃいませんよ」

「そうですか。でも、そういう音が聞こえるという話なんですが」

この言葉に、明らかに男の表情が変わった。血の気が引く音が聞こえそうだった。

「何かの間違いだと思います。変なことといわないでください」

「一応、家の中を見せていただけませんか」

「どうしてそんなことしなきゃいけないんですか」男は気色ばんだ。

「ちょっと見るだけでいいんですが。すぐに終わります」

「お断りします」

その時奥から、「いいじゃないか」という声が聞こえた。若い男の背後から、白いポロシャツの男が現れた。男は草薙に愛想笑いを向けてきた。

「お見せすればいいじゃないか。そのほうが話が早い」

若い男は萎縮したように俯いた。答えはない。

「お邪魔します」草薙は足を踏み入れた。

沓脱《くつぬ》ぎには、何種類かの履き物が乱雑に置かれていた。四足以上あることは明らかだ。しかし草薙はその点にはあまり注目しなかった。仮に彼等が誰かを監禁していた場合、その人物の履き物を放置しておくとは思えなかった。

家全体は縦に細長い形をしていた。上がってすぐ正面に階段があり、その脇には奥に繋がる廊下があった。草薙は廊下を進んだ。

廊下の右側は庭に面しているようだが、今は雨戸がぴったりと閉じられていた。雨戸の内側には、ガラス戸が四枚入っている。鍵は、二枚の戸の重なり部分に棒状の錠をねじ込む方式だ。戸が四枚だから、鍵は二箇所ある。ただしそのうちの一つは、壊れたのか、錠がついていなかった。

廊下の左側には二間続きの和室があった。そこに二人の女がいた。年嵩の女は卓袱台《ちゃぶだい》に片肘をつき、煙草を吸っていた。若い女は膝を抱えて座り、古い十四インチのテレビを見ていた。どちらも異端者を見る目で草薙を見上げた。

「何よ、この人」年嵩の女が訊いた。

「警察の人だ」白いポロシャツの男がいった。「近所の人間が何か通報したらしい」

「ふうん……」女は一瞬草薙と目を合わせたが、すぐにテレビに目を向けた。その時、女の手首に数珠が巻かれていることに草薙は気づいた。信心深いのか、と少し意外な気がした。

草薙は部屋の中を見回した。少しはげ落ちた壁や変色した畳が、この家の年齢を告げている。背の低い茶簞笥も年代もののようだった。

その茶簞笥の横に花瓶が二つ転がっていた。色紙の入った額も畳の上に放置されている。どちらも茶簞笥の上に置いてあったことは、天板に残る埃《ほこり》の形から明白だった。なぜ元の位置に戻さないのだろうと思ったが、草薙は黙っていた。それを訊く理由がなかった。

隣の和室には古い簞笥と仏壇が置いてあった。畳は埃でひどく汚れている。奇妙なことにこの部屋には明かりがなかった。天井から吊されるはずの和風蛍光灯は、外されて隅に置かれていた。

「どうしてこれを取り付けないんですか」草薙は訊いてみた。

「いや、付けようと思っていたところなんです。ちょっと故障していたものですから」白いポロシャツの男がいった。

この部屋には小さな窓がついていた。茶色のカーテンがかかっている。弥生はこの窓の向こう側で、物音を聞いたのだろう。

　この後草薙は台所を見て、さらに二階に上がってみた。二階にも二部屋あった。どちらも布団が敷きっぱなしになっていた。

「いかがですか。別に何も問題はないでしょう?」階段を下りてから白いポロシャツの男がいった。

「そのようですね。でも一応、こちらの電話番号を教えていただけますか。あとそれから、できれば皆さんのお名前を」

「名前はいいんじゃないですか。私らが何か悪いことをしたというわけでもないし」男はにやにやしていった。

「じゃあ世帯主の方だけでも。ここの世帯主は高野ヒデさんということになっていましたね。今はどなたなんですか」

「俺です」若い男が横からいった。

　草薙は手帳を取り出し、名前を訊いた。高野昌明という名前を若い男はいった。ヒデの甥だというのは本当のようだ。

「ほかの方はどういった御関係なんですか」

「女房と……友達夫婦です」

「お友達?」草薙は聞き直した。「お友達と同居を?」

「ちょっとの間、泊めていただいているだけですよ」白いポロシャツの男がいった。

ずいぶんと長い「ちょっとの間」だなと皮肉をいいたいところだったが、草薙は黙っていた。

4

次の日の夜、草薙と弥生は再び昨日と同じ場所に車を止めていた。ただし今日は車種が違う。草薙の愛車である黒のスカイラインだ。

インパネのデジタル時計が午後七時五十分を示していた。助手席で弥生が唾を飲み込む気配があった。

「準備はいいですか」草薙は彼女に問いかけた。本当は、覚悟はいいですか、と尋ねたいところだった。

「大丈夫です」と彼女は答えた。声が少しかすれていた。

今日これから二人がやろうとしていることは、完全に捜査の範疇を越えたことだった。見つかれば、言い逃れはできない。下手をすれば、警察沙汰にされるおそれもあった。

しかしこれ以外に方法がないというのも事実だった。今の段階では、警察が動くこと自体難しかった。

それに草薙には、ある読みがあった。仮に見つかったとしても、彼等が警察に通報すことなど、まずないだろうというものだ。これは昨夜あの家に入ってみて確信したとだ。連中は、必ず何かを隠している。

「あっ、出てきた」弥生が低い声でいった。

例の四人が家から出てきた。昨日と全く同じ服装をしていた。そして昨日と同じ方向に歩きだした。

今夜の草薙に尾行する気はなかった。四人の影が遠ざかり、やがて角を曲がって消えるまで、極力座席に身体を沈めてじっとしていた。

時計が八時ちょうどを示すのを確認し、彼はドアを開けた。

「さあ、行きましょう。急いで」

弥生も素早く車から出た。

二人は小走りに高野家に近づいた。そして周囲に人の目がないことを確かめてから、門の内側に入った。

草薙は庭に回った。昨日と同様、雨戸はぴったりと閉じられている。彼は懐からマイナスドライバーを取り出した。

「それで開けられるんですか」弥生が不安そうに訊いた。

「まあ、見ていてください」

彼は雨戸のそばでしゃがみこむと、雨戸の下の隙間にドライバーの先端を突っ込んだ。

さらにそのまま梃子《てこ》の要領で、雨戸を浮かせた。古い雨戸は、それだけであっさりと外れた。

ガラス戸の錠が一部外れていることは昨日見ている。草薙は難なく侵入に成功した。

「古いお家ですね」彼に続いて入ってきた弥生がいった。

「そうですね。ええと、あまり家の中のものに触らないよう気をつけてください」

「はい」

草薙は慎重に和室の襖《ふすま》を開けた。女たちが座っていた部屋は、昨日と同様に散らかっていた。卓袱台の上でポテトチップの袋が開いたままになっている。

「誰もいませんね」隣の部屋も覗いて、弥生がいった。

「そのようですね」

「でも、たしかに物音がしたんですけど」彼女は首を傾げた。「おかしいな……」

草薙は押入も開けてみた。だが古い段ボール箱などが入っているだけだ。

「どういうことかしら」弥生は額に手を当てた。「あたし、何か勘違いをしたのかしら。絶対にそんなことないと思うんですけど」

「とにかくここを出ましょう。御主人が監禁されている様子はなさそうだ」

「そうですね。すみません、こんなことまでしていただいたのに……」

「気にしないで」そういって草薙は彼女の背中を軽く押した。

その直後だった。

草薙はかすかな物音を聞いた。木が軋むような音だった。何だろう、と思う間もなく、突然部屋全体が激しく振動し始めた。

家具が、がたがたと音をたてた。茶簞笥の中からは、食器の当たる音が聞こえた。隣の部屋では仏壇が揺れていた。扉が開き、中の飾りがごろごろと転がり出た。電灯は大きく揺れ、そのせいで影も暴れた。

弥生が悲鳴を上げ、草薙にしがみついてきた。彼は彼女を抱いたまま、自分の周りを見ていた。声も出せず、ただ立ち尽くしているだけだ。

畳の上に置かれた花瓶が倒れ、転がった。卓袱台の上の袋から、ポテトチップがこぼれ出ていた。どこかで何かが落ちた。

これは——。

草薙は自分が震えていることに気づいた。

5

話を聞き終えた湯川は、腕組みをしたままでしばらく口を開こうとしなかった。眼鏡の向こうの目は、不快と疑惑の色をたたえていた。右足は小刻みに揺れ、眉間には皺が刻まれていた。

彼が機嫌を損ねることは草薙としても予想していた。何しろ、この手の話を最も嫌う男なのだ。だが事実なのだから仕方がない。

「全く君という男は」ようやく湯川が口を動かした。「よくもまあそれだけ次から次と胡散《うさん》臭い話を持ってきてくれるね。前は幽霊だったな。その前は幽体離脱だったか、予知夢だったか……」

「仕方がないだろう。職業柄、おかしな出来事に出くわすチャンスが人より多いんだ」

「しかしすべての刑事が君のように、オカルトめいた出来事に遭遇するわけじゃないだろう。で、今度はポルターガイストだって？」

「俺だって、出くわしたいわけじゃない」

やれやれ、というように湯川は椅子に座ったまま両手を広げた。

「ポルターガイストというのは、ドイツ語で『騒がしい霊』という意味だ。家具などが勝手に動き出したり、部屋全体が振動したりするのは、霊が騒いでいるせいだというわけだが、君のほうがよっぽど騒がしいな」

草薙は机に両手をついて力説した。「何度もいうが、あれは絶対に怪奇現象だ。あの後調べてみたが、あの日あの場所で地震が起きたという記録はない。俺の勘違いでも錯覚でもないぞ。何しろ、神崎弥生さんという証人がいるんだからな」

湯川がゆっくりと立ち上がり、草薙の顔の前に掌を突き出した。

「誰も勘違いや錯覚だとはいってない。地震でないことも、君にいわれなくてもわかる」

「じゃあ認めてくれるわけか。ポルターガイストだと」

「俗にポルターガイストといわれる現象に近いことが起きたことは理解した」

「その正体については、どう推理する？」

「問題はそこだが、現象のからくりそのものより、もっと大事なことがあるように思う」

「何だ」

「君はその怪奇現象が、ずっと前から起きていたと思うかい？　つまりそのおばあさんが独り暮らしをしていた頃からあったことだと」

「いや、それはどうかな。あんなことが起きていたなら、誰かに相談していたんじゃないか。弥生さんの話では、旦那さんからそんなことを聞いたことは一度もないそうだ」

「そう。つまり前は起きなかったのに今は起きる。それはなぜか。これが問題の第一。問題の第二は、その四人組がなぜ問題解決に乗り出さないのかということだ。君の話を聞いたかぎりでは、明らかにその連中は怪奇現象が起きることを知っている。ふつうなら、何らかの手を打つはずだ。専門家に調査を依頼するとかね。それをしないのは、彼等には原因がわかっているからだ。しかもその原因を調べられたくないんだ」

「原因がわかっている？　いや、しかし」草薙は腕組みをし、宙を見上げた。「女の一人は手首に数珠を巻いていたんだぜ。科学的な説明がついているとは思えないな」

「科学的に説明がついているとはいってないぜ。手首に数珠を巻いていたのなら、やはり霊の仕業だと思っているんだろう。それが彼等なりの答えなんだ。ただ一つわからないのは、なぜいつまでもそんなところに住んでいるのかということだが……」湯川は頭を掻きながら窓に近づき、外に目を向けた。太陽の日を受けて、眼鏡のレンズが光っている。

「何がいいたいんだ」

草薙が訊くと、湯川は彼のほうを振り返った。

「このことを、君は上司に報告したのかい」

「報告？　いや、してない。捜査の合間にこんなことを勝手にしていたとばれたら、また怒鳴られる」

「じゃあとりあえず怒鳴られることを承知で報告するんだな。どうやら事態は、君が思っている以上に深刻そうだ」

6

双眼鏡の焦点を高野家の前に合わせた。ちょうど男二人が出ていくところだった。時刻は午後二時三十分。ポルターガイストが起きるには、まだ早い。

「うまく餌に食いついてくれたみたいですね」運転席の牧田がいった。

「そりゃあ食いつくさ。何しろ、それを待って、何日もあんな幽霊屋敷に住んでるわけだからな」男二人の行方を双眼鏡で追いながら草薙は答えた。

男たちが出ていったのは、地元の信用金庫から電話を受けたからだった。高野ヒデさんの預金について御相談したいことがあるので代理人の方に来ていただきたい、というのがその内容だった。それはたしかに信用金庫からの電話だったが、かけるよう頼んだのは警察だった。家の中を女たちだけにする作戦だ。

昨日までの調査により、高野昌明についていくつかのことが判明していた。昌明はヒデの唯一の親戚だが、何年間も全く連絡がなかった。調べてみると彼は一年前に会社を辞めており、博打などに手を出したせいで、多額の借金を抱えていた。

昌明が妻と共にヒデのところへ押し掛けてきたのは、どうやら彼女の貯金が目的だったようだ。旦那の財産をたんまりと引き継いだ伯母がいると、昌明は多くの人間に話している。

もう一組の男女が何者なのかは、草薙たちにもまだわかっていない。だがヒデの財産にたかってきた蠅であることは間違いないと思われた。

「よし、じゃあ行ってみようか」草薙は隣にいる湯川に声をかけた。

湯川は腕時計で時刻を確認した。

「例の件については話はついているんだな」

「工場のほうだろ。大丈夫、協力してもらうことになっている」

「それより、本当にそういう仕掛けなんでしょうね」牧田が振り返って訊いた。「うまくいかなかったら、結構間抜けですよ」

「失敗したら、その時はその時だ」湯川は平然といった。「君たちだって、たまには恥をかくのもいい」

牧田は苦笑して草薙を見た。草薙は一つ頷き、改めて二人に声をかけた。「行くぞ」

高野家は相変わらずひっそりとしていた。草薙は先日と同じように門のブザーを押した。少しして玄関の引き戸が開いた。がたがたいうのも前と同じだ。

若い女が顔を出した。高野昌明の妻で理枝という名だということを、草薙はすでに知っている。

理枝は彼の顔を覚えていたようだ。怯えたような顔で身構えた。「何でしょうか」

「じつは改めて確認したいことがありましてね、もう一度だけ家の中を見せていただきたいんですよ」草薙は精一杯愛想よくいった。

「何を調べるっていうんですか。ここには何もありません」

「ですから」草薙は口元に笑みを浮かべた。「何もないということを確認させていただきたいんです。そうすれば、今後ご近所からこちらのお宅について何か通報があった場合でも、こちらには何も問題がないと説明できますから」

「そんなによくあるんですか、通報……」

「よくということはないんですが、いろいろな憶測が飛んでいるのは事実です。妙な物音がするとか……」

そのうちに奥から年嵩の女が出てきた。じろじろと草薙や湯川の顔を見る。

「何やってるの」

「あ……この人たちが、もう一度家を見せてくれって」

「ふうん、しつこいのね。どこの誰が通報したの？　隣のおばさん？」

「それはまあ、いろいろな方から」草薙はごまかした。

「暇な人間が多いのね。いいわよ、見せてあげる。ただし、これを最後にしてよね」

申し訳ありませんと頭を下げながら、草薙は靴を脱ぎ始めた。その時腕時計を見た。

午後二時四十五分だった。

先日と同様、廊下を通って奥の部屋に入った。部屋は相変わらず汚かった。インスタント食品の空き容器などが放置されたままだ。

湯川は興味深そうに柱や壁を見ている。その彼の耳元で草薙は囁いた。「どう思う？」

「いいね」と物理学者は答えた。「予想通りだ。条件にぴったりと合っている。建築材の傷み具合、家の構造、すべてが理想的だ」

怪奇現象が起きるのに、という言葉はさすがに出てこなかった。

再び草薙は時計を見る。二時五十分を回っていた。

「どうかしら、刑事さん。何も変なところはないでしょ」年嵩の女が廊下に立ち、腕組みをしていった。その手首にはやはり数珠が巻かれていた。

「そのようですね。でも念のために、もう少し見せてください」

「こういうのって、プライバシーの侵害になるんじゃないのかなあ」

女の台詞《せりふ》を無視し、草薙は押入の中を調べるふりをした。

「ちょっとあんた、何してんのよ」女の声が鋭く飛んだ。白いビニール袋を持った湯川が廊下の端に立っていた。

「こんなものが冷蔵庫の横に」と湯川はのんびりいった。「たぶん家庭用セメントだ」

「セメント？」草薙は女を見た。「何に使うんです」

「知らないわよ。旦那たちが、どこかの修理に使ったんでしょ。もういいじゃない。気が済んだでしょ。早く出てってよ」

女の怒鳴り声を聞きながら、草薙はもう一度時計を見た。午後三時になった。

突然、木の軋む音がした。次に畳が揺れだした。仏壇が、がたがたと震えた。

高野理枝が、きゃあと叫んだ。年嵩の女も恐怖に目を剝《む》いた。

「来たっ」草薙は牧田に目配せした。

牧田は二人の女の前に立ちはだかった。

「危ないですから、あなたがたは外へ」そういいながら二人を玄関のほうへ押していく。

湯川は仏壇の前に立ち、周囲を見回していた。家具は揺れ続け、壁がぽろぽろと剝《は》がれていく。

「すごいな、これがポルターガイストか」はしゃいだ声を出した。「驚いた。こんな状況は、作ろうと思っても作れるものじゃない」

「喜んでる場合じゃないっ」草薙は怒鳴った。

「そうだったな」

湯川は上着のポケットから鉤型《かぎがた》の金具を取り出し、その先端を足元の畳に突き刺した。そのまま引き上げると、畳の端が持ち上がった。草薙が急いで手を添え、そのまま畳を剝がした。黒い床板が露《あらわ》になった。

草薙は床板を外していった。明らかに最近固めたばかりと思われるコンクリートの塊が、その下から現れた。

7

取調室で高野昌明は、次のように供述した。

「元々の借金は三百万かそこらだったと思います。それがいつの間にか利息が膨れ上がって、二千万近くになっていたんです。本当ですよ。この期に及んで嘘なんかいいません。返せるあては全くありませんでした。そんな時思い出したのが、高野の伯母さんです。伯母さんは伯父さんの遺産を引き継いだから、かなり現金を持っているはずだと、亡くなった別のおじさんから聞いていました。それで何とか援助してもらえないかと思って、訪ねてみたんです。そうしたら伯母さんは、住むところがないなら、しばらくここにいてもいいといってくれました。そんなわけで同居を始めたんです。すると間もなく近藤がやってきました。近藤は取り立て屋です。私の借金をすべて回収するまでは離れないといって、女と一緒に住み始めました。私は伯母には友人夫婦だと説明しました。伯母はそれまでが寂しかったせいか、いやな顔をせず、困った時にはお互いさまだといってくれました。そんなに優しい伯母を騙すのは辛かったのですが、私は何とかお金のありかを知ろうとしました。というのは、伯母は銀行を信用していなくて、金はすべて手許に置いているらしいと判明したからです。そのことを知った近藤も、伯母の目を盗んでは、床下を調べたり、天井裏を覗いたりしていたようです。でもどこにもお金はありませんでした。そしてあの日が来たのです」

その日、近藤は酔っていた。金がなかなか見つからないことに苛立ちも覚えていた。それまでヒデの前ではおとなしくしていた彼も、とうとう本性を現した。

近藤はヒデの襟首を摑むと、金の隠し場所を問い詰めた。甥が借金を返せないといってるんだから、おまえが払うのが当然だろうが——そんなふうに乱暴に詰問した。

ヒデは心臓が弱かった。甥に裏切られたというショックと、近藤の豹変ぶりに対する恐怖から、発作を起こし、そのまま死んでしまった。あまりのあっけなさに、「伯母が芝居をしているのかと思った」と昌明は述べている。近藤も、しばらく彼女の頰を叩いていたということだ。

だが彼等が本当に驚いたのは、次の瞬間だった。突然、庭に知らない男が現れた。灰色のスーツを着た男だった。

男は昌明たちを指差していった。自分は一部始終を見ていた、おまえたちのしたことは殺人以外の何ものでもない、自分はこのことを警察に訴え、おまえたちにしかるべき罰が下るようしてやる——。

もちろんこのスーツの男が神崎俊之である。

後ろから激しい口調で責められ、近藤は逆上した。彼は警察に知らせようとする神崎に後ろから襲いかかり、首を絞めた。彼は柔道二段だった。

「一瞬にして、死体が二つになってしまい、どうしていいかわからなくなった」と高野昌明はいっている。おそらく正直な気持ちだったのだろう。

ヒデのほうは病院に運ぶことにした。だが神崎の死体はそういうわけにはいかない。調べれば他殺だとすぐにわかってしまうだろう。

そこで和室の床下に隠すことにした。穴を掘り、死体を埋めた後、コンクリートを流し込んだ。神崎の乗ってきたライトバンは、登録番号などをすべて消した上で、近藤が車両投棄で有名な場所まで捨てに行った。

あとはヒデの隠し財産を見つけだすだけだった。

しかし彼等にはそれを見つけられなかった。

8

「おまえが何といおうとも、今回ばかりは霊の力が作用したと俺は信じているよ。土の中にいた神崎俊之の無念が、ああいう現象を引き起こしたんだ」マグカップを口に運びながら草薙はいった。カップの中身は、この第十三研究室名物の、薄いインスタントコーヒーだ。

「どう考えるかは個人の自由だよ。強制するつもりはない。まあ僕としては、共振現象の悪戯だったとしかいえないがね」湯川の声は冷めている。相手が興奮するほど白けてしまうというのが、この男の若い頃からの特徴だった。

ポルターガイストの話を聞いた後、湯川はまず市役所に行き、高野家周辺の地下がどうなっているかを調査した。その結果、高野家のちょうど真下に古いマンホールがあったらしいことを発見した。彼はポルターガイストの原因はこれに違いないと断言した。

「物体にはそれぞれ固有振動数というものがある。ある物体に加えられる力の振動数がそれに一致した場合、その物体は激しく振動する。それが共振現象だ。何らかの原因で、このマンホールをとりまく環境が変化し、そのため共振を起こしているんだろう」

その原因を、地面に対して何らかの力を加えたせいと湯川は推理した。たとえばそれは穴を掘ったとかだ、と彼はいった。

床下に穴を掘ったとなると、その目的はかぎられてくる。草薙は不吉な予想を立てずにはいられなかった。そして結果的に、その予想が裏切られることもなかった。

また調べてみたところ、高野家の近くにある部品工場が、その古いマンホールに繋がる下水管を利用していたことがわかった。毎日午後八時になると、その工場から、処理された熱水が放出されていたのだ。その熱水が下水管中に空気の流れを作り、高野家の真下にあるマンホールを振動させていたらしい。

死体を発見した日は、午後三時に放水してもらうよう、工場に頼んであったのだ。

「さてと、じゃあ行くよ」マグカップを置き、草薙は立ち上がった。

「これから彼女に会うわけか」湯川は訊いた。

「そうだ」と草薙は答えた。彼女とは神崎弥生だ。「いろいろと忙しくて、まだ彼女には詳しいことを説明していないんだ」

いやな役目だ。しかし自分が話すしかないと思っている。

そして少し落ち着いたならば、ヒデの財産のことも教えてやるつもりだった。

神崎俊之はスーツ姿のままで埋められ、所持品もポケットに入ったままだった。ただし、財布から現金やクレジットカードなどは抜かれていた。犯人たちは、クレジットで大量に買い物をすることも計画中だったのだ。

しかし彼等は最も重要なものを見逃していた。免許証入れの中に入っていた一枚のカードだ。

じつはそれは貸金庫のカードキーだったのだ。しかも神崎自身のものではなく、高野ヒデが契約していたものだった。ただし、代理人として神崎俊之の名前も登録されていた。

警察で調べたところ、貸金庫には預金通帳のほか債券、貴金属、土地家屋の権利書などと共に、一通の封書も預けられていた。

中身は遺言状だった。そこには、自分の全財産を神崎に譲りたいと明記してあった。

「ポルターガイストのことは、霊の仕業だというつもりか」湯川が訊いてきた。

ドアに向かいかけていた草薙は振り返っていった。「もちろんだ。いけないか」

「いや」と物理学者は首を振った。

「じゃあな」草薙はドアを開けた。

「草薙」

「なんだ」

湯川は少しためらいを見せた後でいった。「しっかりな」

草薙は片手を上げ、部屋を出た。

第四章　絞殺る

しめる

1

旋盤の動く音がしていた。貴子が作業場に行くと、機械に向かっている坂井善之の背中が見えた。ベージュ色の作業服の背中に、『ヤジマ』と紺色で印刷されている。自動車会社に納入する、モーターのシャフトを作っているのだということは夫の忠昭から聞いていた。何のモーターかまでは知らない。

その夫は工場の隅で、二人の従業員と共に納入用部品の検査をしていた。軍手をはめた手の動きが鈍い。顔色も冴えない。しかしそれは部品の出来が悪いからでないことを貴子は知っていた。

「お茶が入りましたけど」貴子は夫たちに声をかけた。

忠昭は小さく片手を上げ、壁に取り付けられた時計を見た。時計の針は午後三時十五分前を示していた。

「ヨシさんっ。休憩っ」彼は旋盤を操作している坂井に声をかけた。

坂井は頷き、機械の電源スイッチを切った。唸っていたモーターが、途端に速度を落とした。

「なんだ、もっとまともなものはないのか」手を洗い終えた忠昭が、休憩用テーブルの前に座りながらいった。テーブルの上の盆には、最中《もなか》が五個載っている。「この最中、昨日の残り物だろう」

そのとおりなので貴子は黙って笑った。

「いいじゃねえの。俺、好きだよ、最中」鈴木和郎が真っ先に手を出した。

「仕事の途中に食うのは、甘いものがいいんだってさ」そういったのは田中次郎だ。しかし田中は最中に手を伸ばそうとはしなかった。

坂井も何もいわず、貴子の入れた茶を啜っていた。

「ヨシさん、例のコイル、今日中に届けるんじゃなかったか」忠昭が坂井に訊いた。

「うん、後で届けてくる」

「頼むよ。で、代金のことだけど、なるべく早く入れてもらえると助かるって、いっといてくれないか」

「一応、いっとくよ」坂井は湯飲み茶碗を見つめたまま答えた。

忠昭は小さく頷いてから、誰にともなくいった。「俺、この後ちょっと出かけてくるから」

「どちらへ？」貴子が訊いた。

「金の回収だ」

「回収？　未払いのところなんて、あった？」

「代金じゃない」忠昭は最中を取り、半分に割った。はみ出た餡《あん》を口に入れる。「ずっと昔に貸した金だ。どうやら返してもらえるらしい」

「そんな話、聞いたことないけど」

「景気がよかった頃の話だ。恩のある人の息子さんだったから、これまで催促しなかったんだ。だけどどうやらその人が、仕事でそこそこ成功したらしくて、返したいといってきた」最中を流し込むように彼は茶を飲んだ。

「社長、それ、いくらぐらいなんだい？」鈴木が訊いた。目に真剣な光が宿っていた。

「そうだな、はっきりしたことはいいにくいけど」忠昭は白髪の混じった鬢《びん》のあたりを掻いた。「わりとまとまった額なんだ。だから、何というか……まあ助かるわけだ」

「ふうん」鈴木の唇が少し綻《ほころ》んだ。

横で聞いていた田中の目も和んだ。「この御時世に、借りた金をきっちり返す人もいるんだな」

「当たり前じゃねえか」鈴木が笑いながらいう。

「だけど最近は返さない人間が多いんだろ。だから銀行だってヤバいわけだろ」

「そうだけどさ」

「まあ中にはそういう不義理な人間もいるだろうが、まだまだ捨てたものじゃないということだ」忠昭がまとめるようにいってから貴子を見た。「とにかくそういうことだから、背広を出しといてくれ」

わかりました、と頷いてから、貴子は改めて口を開いた。

「あの、あたしもちょっと出かけたいんだけど」

「どこへだ」忠昭の目が鋭くなった。

「買い物に……。秋穂の服を探したいの。遠足に着ていく服がないっていってるから」

「今日じゃなくてもいいんだろ」

「でも、明日とか明後日はいろいろとやることがあるし」

「今日はやめておけ」そういうと忠昭は茶を飲み干し、立ち上がった。

夫がこういう態度を取る時は何をいっても無駄だ。貴子は黙っていた。三人の従業員も居心地が悪くなったのだろう。急いで口の中のものを飲み込むと、そそくさと腰を上げ始めた。

三時半になる少し前に忠昭は車で出かけていった。グレーの背広を着て、珍しくネクタイも締めていった。そしてスポーツバッグを提げていた。

その後すぐに、貴子は支度をして外出した。地下鉄月島駅に着いた時が、ちょうど四時だった。

七時半頃までに帰ればいいだろう——彼女はそう考えていた。

だがこの夜実際に貴子が帰宅した時には八時近くになっていた。五年生の秋穂と三年生の光太は、仲良くテレビを見ているところだった。忠昭はまだ帰っていない。彼女はデパートで買ってきた惣菜を取り出し、夕飯の支度をした。

「お父さん、遅いね」ロースカツを食べながら秋穂がいった。

そうね、と貴子は相槌を打ち、テレビの横の置き時計に目をやった。八時半だった。

その時計が十一時を指す頃になっても忠昭は帰ってこなかった。携帯電話に何度かかけてみたが、応答はなかった。貴子は二人の子供を寝させ、居間で一人で待った。テレビにはニュースキャスターの顔が映っていた。キャスターは北朝鮮の核問題について、しかつめらしい顔で何か語っていたが、その内容は彼女の耳には殆ど届かなかった。

かたっ、と後ろで物音がした。彼女はぎくりとして振り返った。秋穂がパジャマ姿で立っていた。

「どうしたの。早く寝ないと、明日の朝、つらいわよ」母親の口調で彼女はいった。

「お父さん、まだ帰ってこないの？」

「仕事で遅くなってるのよ。心配しなくていいから、早く寝なさい」

しかし娘は素直に立ち去ろうとはしなかった。何か迷うように俯いている。

さすがに貴子は気になった。「どうしたの？」少し優しく尋ねた。

「お父さん、大丈夫かな……」秋穂はぽつりといった。

「えっ、大丈夫って……どういうこと？」

「昨日の夜ね、あたし、変なもの見ちゃったんだ」

「変なもの？」自分の眉間に皺が寄るのを貴子は感じた。「何よ、変なものって」

秋穂は顔を上げた。頬がいつもよりも白く見えた。

娘は小さく口を開いた。「ひのたま……」

えっ、と貴子は声を漏らした。「何ていった？」

「火の玉」秋穂は先程よりもはっきりといった。

「火の玉？　どこで？」

「工場」と秋穂はいった。「夜中にトイレに起きたら、お父さんがまだ工場にいるみたいだった。それで覗いたら、暗い中でお父さんは座ってた。何してるのって声をかけようとしたら、ぱっと火の玉が飛んで……」

「まさか。お父さんが何かを燃やしたんでしょ」

しかし秋穂は首を振った。

「あたしも、すぐにお父さんに訊いたの。今、何か燃やしたのって。でもお父さんは、何もしてない、ちょっと図面を見てただけだって……」

貴子は背中に寒気が走るのを感じた。だがそれを表情に出すまいと努めた。

「何かを見間違えたんでしょ。よくあることよ」

「あたしもそう思ったんだけど、やっぱり何だか気になる。お父さんに何か悪いことが起きそうな気がする。お父さん、早く帰ってこないかな」不安そうな顔で、秋穂はテレビの横の置き時計を見た。

「何いってるの、縁起でもない」貴子は声を尖らせた。「とにかく早く寝なさい。明日の朝、起きられなかったらどうするの。明日も学校があるのよ」

「お母さん、お父さんが帰ってきたら、教えてくれる？」

「わかった、わかった。教えてあげるから」

貴子の言葉に、ようやく秋穂は二階に向かう素振りを見せた。だがその前に工場に繋がるドアのほうを見て、「何だか、いやだなあ」と呟いた。

一人になると、貴子はテレビのリモコンを手にし、チャンネルを次々にかえた。しかし今の気持ちを紛らわしてくれるような番組は見つからなかった。

結局彼女は、この部屋で一夜を明かすことになった。窓から差し込む光の眩しさで目を覚ました。卓袱台に突っ伏す格好をしていた。不自然な姿勢でうたた寝をしていたせいで、身体のあちらこちらが痛く、頭も重かった。

午前六時を少しすぎていた。もう一度忠昭の携帯電話にかけてみたが、電話は繋がらなかった。

彼女はすぐにテレビをつけた。すでに朝のニュース番組が始まっていた。もしや忠昭に関するニュースが流れるのではと思ったが、それらしき事件は起きていないようだった。それにそういうことが起きていたのなら、まずはここへ警察から連絡が入るはずだった。

重い気分を抱えたまま、彼女は朝食の支度を始めた。頭の隅に、昨夜秋穂から聞かされた話が引っかかっていた。火の玉？　まさか、そんな——。

七時になると秋穂が起きてきた。いつもならまだ眠っている時間だった。少女の目は少し充血していた。

「お父さん、帰ってこなかったんだね」卵焼きを焼く母の背中に彼女は問いかけてきた。

「どこかでお酒を飲んで、帰れなくなっちゃったんでしょ」貴子は努めて明るい声を出した。「そのうちに帰ってくるわよ」

「警察に届けなくてもいいかな」

「大丈夫、大丈夫」

しかしそのことは貴子も考え始めていた。そろそろ届けるべきではないか。いや、やはりもう少し待ったほうがいいだろうか。

やがて光太も起きてきた。息子のほうは父親がまだ帰ってこないことに、特に不安は感じていない様子だった。秋穂も弟に「火の玉」の話を聞かせたりはしなかった。

子供たちが学校に出かけると、入れ替わるように従業員たちがやってきた。社長が昨日から帰っていないという話に、彼等も少し驚いたようだ。

「そりゃ、ちょっと心配だな。警察に届けたほうがいいんじゃないか」鈴木がいった。

「どこかで酔いつぶれたんじゃないかとも思ってるんだけど」

「社長はそんなふうになる人じゃないよ」田中が即座に否定した。

どうしたらいいだろう、と貴子は坂井に相談した。彼はこの工場では最古参だ。

「午後になっても帰らないようだったら、届けたほうがいいだろうな」少し考え込んだ後で坂井は答えた。

彼のアドバイスに従い、貴子はもう少し待ってみることにした。従業員たちは心に引っかかりを残した顔つきのまま、それぞれの作業についた。

九時、十時、十一時と、時計の針は動いていった。昼休みになっても忠昭は戻らなかった。貴子は皆に茶を出したりしながらも上の空だった。しょっちゅう時計に目をやった。午後一時になったら電話しようと決めていた。

だが彼女が電話をする必要はなかった。昼休みが終わり、間もなく一時になろうとする頃、その電話が鳴りだしたからだ。

警察からだった。

2

ホテル・ブリッジは日本橋浜町にある。建物のすぐ上を首都高速道路が走っていて、箱崎インターチェンジとは目と鼻の先だ。ホテルの玄関は清洲橋通りに面しており、外に出て右側を見れば、清洲橋を正面から眺めることができる。ホテル名は、たぶんそういうところから付けられたのだろう。

古くて小さなビジネスホテルだ。エレベータが一基しかないことが、そのことを物語っている。

草薙俊介は一階にある狭い喫茶室で、さほどうまくもないコーヒーを飲んでいた。他に客はいなかった。

「草薙さん」声をかけながら近づいてくる者がいた。このホテルの支配人代理である蒲田だった。さほど暑くもないのに、こめかみのあたりに汗が浮いている。

どうも、と草薙は頭を下げた。

少しいいですか、と蒲田は小声で訊いてきた。いいですよ、と草薙は答えた。支配人代理は暇そうにしているフロント係のほうを少し気にした様子で、刑事の向かいに座った。「あのう、それで、どんな具合でしょうか」

「どんな具合とおっしゃいますと？」

「ですから、その、捜査のほうです。何かわかったんでしょうか」

「それはまだ何とも」

「そうですか。でも、噂によれば、奥さんのアリバイがない……とか」

中年のホテルマンの言葉を聞き、草薙は合成皮革を使ったソファの上で座り直した。

「我々があらゆる可能性を考えているのは事実です。その中には、テレビやマスコミが喜んで飛びつきそうな話もあります。彼等は、そういうネタを脚色して流します。そんなくだらない情報に振り回されないでください」

「我々は振り回されたくはないんですがね、こういう商売柄、ああいうことがあると非常に痛手なんですよ。だから一刻も早く解決してくれないかと思いまして」

「お気持ちはよくわかります。我々としても全力をあげて調べているところです」

「よろしくお願いいたします。あとそれから」蒲田は草薙のほうに顔を寄せてきた。

「あの部屋ですけど、いつまでああしておけばいいんでしょうか」

「さあそれは、上の者に訊いてみませんと。こちらとしては、まだ調べることも残っていますし。何か問題が？」

「問題といいますか、あんなことのあった部屋をそのままにしておくと、いろいろと妙な噂が流れたりするんですよ。刑事さんもよくお聞きになったことがあるでしょう。どこそこのホテルには幽霊が出る、とか」

ああ、と草薙は合点して頷いた。「よく聞きますね」

「ですから、なるべく早く何らかの処置を施したいというのが正直なところでして」

「わかりました。上司に確認しておきましょう」

お願いしますと頭を下げ、ホテルマンは去っていった。丸い体型だが、その背中はやつれて見えた。

草薙が煙草の箱を出した時、正面玄関から黒いジャケットを羽織った湯川学が入ってきた。草薙はこっそり顔をしかめて箱をしまった。湯川の前では喫煙は御法度だ。

「遅かったじゃないか」

「すまない。学生の相談にのっていたんだ」

「相談？　まさか恋愛問題じゃないだろうな」

無論草薙は冗談でいったのだが、湯川はにこりともしなかった。

「恋愛以上の話だ。好きな女の子と結婚したいが双方の両親に反対されている、どうしたらいいだろう、という内容だった」

「学生結婚というやつか。なんで、おまえなんかに相談したんだろう」

「知らんよ」

「で、どんなふうにアドバイスしてやったんだ」草薙はにやにやしながら訊いた。

「僕が親でも反対する、といってやった」

「なんだ、それ。おまえは意外に古い考えの持ち主なんだな。俺なら、親の反対なんか押し切るぐらいのガッツを出せ、とでもいってやるのに」

「古い新しいの問題じゃない。統計的なことをいってるんだ」

「統計的？」

「早く結婚して後悔している人間と、もっと早く結婚すればよかったと後悔している人間では、どちらのほうが多いかという問題だ」

草薙は若き物理学者の顔をしげしげと眺めた。そういう考え方で生きていて人生が楽しいかと訊きたい気分だったが、黙っていた。

「さてと、じゃあその現場というのを見せてもらおうか」湯川はいった。

「コーヒーは飲まなくていいのか」

「遠慮しておこう。この匂いから推定すると、さほど上質な豆は使っていないらしい」

鼻をひくつかせてから湯川は歩きだした。

いつもはインスタントコーヒーのくせにと思いながら、草薙は後を追った。

現場は八〇七号室だ。ツインの部屋である。

「被害者の矢島忠昭は、十三日の午後三時五十分頃にチェックインしている。ボーイに案内されたんじゃなく、一人で部屋に入ったらしい。その後、誰も矢島の姿を見ていない。生きている姿は、という意味だけどな」部屋の入り口付近に立ち、手帳を見ながら草薙は説明した。「このホテルのチェックアウトタイムは午前十一時だ。ところが翌日のその時刻になっても、この部屋の客は現れない。電話をしても誰も出ない。そこで十二時少し前に、ホテルの人間が様子を見に来た。ノックをしても応答がないことを確認し、マスターキーでドアを開けた」

ホテルマンが見たのは、奥のベッドの上で大の字になっている男性客の姿だった。単に眠っているのでないことは一目でわかった。首に異常な跡がついていたからだ。客の肌の色も正常なものではなかった。

「絞殺だった。細い紐のようなもので、一気に絞められたらしい」

「争った形跡は？」

「ない。被害者は睡眠薬で眠らされていたようだ」

「睡眠薬？」

「缶コーヒーに混入されたらしい」

この部屋の窓際には、二人が向き合って座れるよう、テーブルと二つの椅子が置いてある。死体が発見された時、テーブルの上には二つの缶コーヒーと灰皿が載っていた。矢島忠昭の解剖結果に基づいて改めて二つの缶コーヒーを調べたところ、一方から睡眠薬が検出された。また缶コーヒーは、廊下に置かれている自動販売機で買ったものらしい。

「死亡推定時刻は十三日の午後五時から七時。これは信頼していいぞ。被害者は午後三時頃に最中を食っているんだが、その餡の消化状態とも一致している」

さらに草薙は、矢島忠昭が、貸した金を返してもらうといって家を出たこと、ホテルは山本浩一という名前で予約されていたことなどを話した。彼は湯川学という人物の口の固さを信じているし、この男に何かを相談する際にはすべてを話したほうがいいということを知っていた。

「聞いたかぎりでは、何が問題なのかわからないな」殺風景な室内を見回して湯川はいった。「その金を返すといってきた人物が犯人だろう。実際には返せなくなったので、このホテルに呼び出して殺したということじゃないのか」

「もちろん俺たちだって、それを第一に考えてるさ。ところがどう調べてみても、現在のところそんな人物は浮かんでこない」

「調べ方が足りないんだろう。いずれにしても、なぜ君が僕に電話をかけてきたのかわからないな。単純な絞殺事件に物理学者は必要ないと思うがね」

「問題はそこだ。単純な絞殺にしては、どうも気になる点が二つある」草薙は指を二本だした。その指をそのまま床に向けた。「一つは、まずそのベッドの横だ。カーペットをよく見てくれ」

湯川は歩み出て、腰を屈めた。「焦げてるな」

「だろ？」

床にはベージュのカーペットが敷かれているが、幅一センチ、長さ五センチほどの焦げ跡がついているのだ。

「ホテルの者に訊いてみたところ、前はそんなものはなかったといっている」

「嘘をついてるんじゃないのか。このホテルはかなり年季が入っているぜ」

「警察相手に、見栄でそんな嘘はつかんだろ」

「まあいい。もう一つの気になる点というのは何だ」

「これだよ」草薙は上着の内ポケットに手を入れて、一枚の写真を出した。「本当は、一般人にこういうものを見せちゃいけないんだけどな」

写真を見た湯川は、かすかに眉を寄せた。「たしかにあまり見たくはない写真だな」

「我慢しろ、俺たちは実物を見てるんだ」

写っているのは死体の絞殺痕である。だがふつうのそれと違うのは、絞め痕に沿って、皮膚が切れている点だ。当然のことながら、そこからは血が出ている。

「切れるほど強く絞めたということかな」湯川が呟いた。

「いや、報告書によれば、むしろ擦過傷に近いらしい。細い紐を皮膚に押しつけて、横に引いたら、そんなふうになるんじゃないかということだった」

「ふつうの絞殺で、こんなふうになることはないんだな」

「絶対にならない」草薙は断言した。

湯川は短く唸り、写真を持ったままそばのベッドにごろりと寝転がった。死体が横たわっていたベッドだ。鑑識の作業はすでに終わっているから捜査に影響はないが、よく平気でそんなことができるものだと草薙は学者の無神経さに感心した。

「で、今のところ、これといった容疑者はいないのか」湯川は訊いてきた。

「まあ、いないこともないんだが」草薙は前髪をかきあげた。「俺たちが最も目をつけてるのは女房だよ」

「奥さん？　動機は？」

「保険金だ」

「ははあ。被害者は多額の生命保険に入っていたわけか」

「五社に加入している。総額は一億を越える」

「なるほど、それは怪しい」湯川は肘枕をつき、草薙のほうに身体を向けた。「当然君たちも、かなり厳しい事情聴取を行っているわけだ」

「厳しいかどうかはわからんが、何度か呼んで話を聞いている」

「その感触は？」

「臭うな」草薙は率直に明かした。「彼女は当日の午後四時から出かけている。帰宅したのは八時頃だ。買い物に出ていたというが、アリバイがはっきりしない。五時頃に銀座のデパートで子供服を見ていたことは、応対した店員の証言で明らかになっている。七時過ぎに別のデパートの地下食料品店でロースカツやコロッケを買ったことも、店員が覚えていた。ところがその間のアリバイがない。銀座からこのホテルまでは、タクシーを使えば十分から十五分というところだ。十分に犯行は可能だろう」

「本人は何をしていたといってるんだ」

「喫茶店でお茶を飲んでたというが、どの店だったかは覚えてないというんだな。レシートもないし、店に関する記憶があやふやすぎる」

「なるほど」湯川は再び仰向けになった。天井を見つめたままいった。「銀座のデパートなら、平日でも人は多いだろう。それなのに子供服売場の店員や食料品店の店員は、よくその人のことを覚えていたな」

「子供服売場では、小さなシャツを買うか買わないかで、小一時間も迷っていたらしい。挙げ句に買わなかったというんだな。相手をしていた店員は、あまりにうんざりしたので記憶に残ったそうだ。ロースカツのほうは、閉店間際で値引きされるまで、じっと店の前に立っていたから覚えていたらしい。だけど、そんなアリバイはいくらあっても無意味だ。肝心なのは、その間なんだからな」

この草薙の言葉に対し、湯川は何もいわず、じっと何事か考え込んでいる様子だった。

こういう時には何を話しかけても無駄なので、草薙も椅子に座って待っていた。

やがて湯川がいった。「被害者の家に案内してくれるかい」

「いいぜ」草薙は腰を上げた。「興味が湧いてきたか」

「僕が興味を持ったのは」湯川も上体を起こした。「その奥さんにアリバイがないことだよ。なぜ、アリバイがないんだろう?」

3

ヤジマ工業の工場では、三人の男がそれぞれの作業を行っていた。三十半ばの二人は鈴木と田中、一番年嵩の男は坂井だ。

ボール盤で金属板に孔《あな》を開けていた鈴木が、草薙を見て口元を歪めた。

「またあんたかよ。まだ俺たちに何か用があるのか」

「いや、今日は特に用というほどじゃないんだ。工場内を見せてもらおうと思ってね」

「それはいいけど、邪魔しないでくれよ。不景気とはいえ、こっちにも仕事があるんだ」

「ええ、わかってます」草薙は愛想笑いをした。

鈴木は湯川のほうを一瞥《いちべつ》してから舌打ちした。

「奥さん、今日も警察に呼ばれて出ていったぜ。一体どういうことなんだよ」

「いろいろと確認しておかなきゃならないことがありますから」

「確認、確認ってさ、おかしいんじゃねえか。あんたらまさか本気で奥さんのこと疑ってるんじゃねえだろうな。だったら馬鹿だぜ。あの奥さんが、そんなことするわけ――」

「カズっ」奥から声が飛んだ。発したのは坂井だった。「つまんないことしゃべってねえで、さっさと仕事しろ」

「あっ、はい」鈴木は軽く手を上げ、ボール盤に向き直った。それから草薙たちのほうをちらりと見て、おまえたちのせいで自分が叱られたじゃないかといわんばかりに、もう一度大きな音をたてて舌打ちした。

草薙は湯川と並んで、工場内を見て回った。彼自身は、この中を見ることにどういう狙いがあるのか、よくわかっていなかった。湯川が希望したことだ。

工場には工作機械や大型電源が並んでいた。かつてはもっと大勢の作業員を雇っていたと思われた。最後まで残ったのが、現在の三人ということなのだろう。

「この人たちのアリバイは？」歩きながら湯川が小声で尋ねてきた。

「確認済みだ。三人ともアリバイがある。若い二人はここでずっと仕事をしていた。近所の人間の証言もある。一番年上の坂井という男は、取引先に品物を届けに行っていた。

埼玉にある会社で、どんなに急いでも片道で一時間半はかかる。その会社を出たのが五時半で、七時過ぎにはここへ帰ってきてることが確認されている。ホテル・ブリッジに寄ってる暇はない」

湯川は無言で頷いた。

従業員の一人、田中は、白いポリタンクのようなものを作る仕事をしていた。複雑な形状をした二つの器をくっつけて、一つの容器にするのだ。接着剤を使うのではなく、器の縁を熱で溶かして、瞬時に合わせるのである。いわば溶接だ。縁を加熱するのに使っているのは、きしめんのように細く平たいヒーターだった。ヒーターは器の縁の形に曲げられている。

「なるほど、うまくできていますね」田中の後ろに立った湯川が、感心したようにいった。「縁と同じ形をしたヒーターを使うことで、どの部分も同時に、しかも同程度に溶けるよう工夫されているわけですね」

「これはうちの工場の得意技だ」ぶっきらぼうではあったが、田中の口調は幾分誇らしげでもあった。

「これは何を作っているんですか」と湯川は訊いた。

「車のウインドウォッシャー液を入れるタンクだよ。まだ試作品なんだけどね」

へえ、と湯川は首を縦に振った。物理学者が、現場の技術に関心を持っている目だったので、事件のことを忘れているようだなと草薙は思った。

その湯川の目が、前方の壁に向けられたところで止まった。「あれは？」

草薙もそちらを見た。壁に、『一射入魂』と墨で書かれた紙が貼ってある。

「社長が書いたものだよ」後ろから声がした。振り返ると坂井が立っていた。

「あ、そうなんですか」と草薙はいった。「どういう意味ですか。一射入魂って」

「射撃だよ」坂井は指でピストルの形を作り、撃つ格好をした。「それぐらいの集中力を持って仕事をしろという意味さ」

「ははあ……矢島さんは射撃をされてたんですか」

「さあね、そんな話は聞いたことがない。もののたとえというやつだろ」

草薙は頷いたが、あまり納得はしていなかった。なぜ射撃などにたとえるのだろうと思った。

「ところでさあ」坂井は軍手を脱ぎながら草薙と湯川を交互に見た。「さっきカズのやつもいってたけど、いい加減、奥さんを疑うのはやめたらどうだい」

「別に疑ってるわけじゃありません」

草薙はいったが、坂井は首を横に振った。

「本音の話をしようや。いいかい？　あの日は社長自身が、貸した金を返してもらいに行くんだといって出かけたんだ。それなのに、どうして奥さんが犯人のはずがあるんだ」

「矢島社長を呼び出したのは、別の人間かもしれない」湯川が横からいった。「でもその人物が奥さんに頼まれた可能性もある」

坂井はしばらく湯川のことを睨みつけていたが、ふっと息を吐いた。

「そんなことを考えるのは、あんたらがあの夫婦のことを知らないからだ。あの二人は内職みたいなことから始めて、会社をここまでにした。どれだけ助け合ってきたか、俺はよく知っている。あの二人がどっちかを裏切るなんてことは、絶対にない」

返す言葉が思いつかず、草薙は黙っていた。湯川も何もいわない。

「すまないが、今日は帰ってくれないか。そろそろ奥さんが戻ってくる。家に帰ってまで刑事の顔は見たくないだろうからな」坂井の口調には敵意が含まれていた。

ヤジマ工業を出てから湯川が最初に口にした台詞は、「やっぱり職人はすごいな」というものだった。「あの技術というか、職人芸こそ、コンピュータの課題だろうな」

「そんなことより、何か摑めたのか」

「摑めたって？」

「とぼけるなよ。何のためにおまえをこんなところまで連れてきたと思ってるんだ」

草薙が少し苛立った声を出すと、湯川は意味ありげに笑った。そしてズボンのポケットから何か取り出した。それは太さ二、三ミリ、長さ十数センチの紐だった。色は白で、片方の先端は輪になっている。

「工場の隅に落ちていた」

「あっ、いつの間に」草薙はそれを手に取った。よく見るとそれは単純な紐ではなく、糸のようなものを何本か束ねたものだった。「何だ、これ」

「さあね、まだわからない。それより君に訊きたいんだが、死体の首の絞め痕とこの紐とは、一致しそうにないかい？」

湯川にいわれ、草薙は死体を思い出しながら紐を見つめた。

「一致する……かもしれないな」

「だとしたら面白い。非常にね」その言葉とは逆に、物理学者の目は笑っていなかった。

4

矢島貴子が突然自分のアリバイを主張したのは、事件からちょうど一週間目のことだった。

捜査本部の置かれた久松警察署に自ら出向き、捜査員の一人に一枚のレシートを見せたのだ。事件当日に入った喫茶店のものだという。捨てたとばかり思っていたが、バッグの奥に入っていたらしい。日付はたしかに十三日となっていて、午後六時四十五分に支払いを済ませたことを示す数字が印刷されていた。

店の名前は『ルフラン』といった。たまたま手のあいていた草薙が、後輩刑事の牧田と共に裏付けを取りに行くことになった。

『ルフラン』は銀座三丁目にあった。ビルの二階で、ガラス越しに中央通りを見下ろすことができる。内装も装飾品も凝っていて、高級感を意識した店のようだった。何気なくふらりと入ったという矢島貴子の話から、庶民的なパーラーのような店を想像していた草薙は、少し意外な気がした。また、これほどのわかりやすい場所を忘れていたというのも奇妙だった。

「ああ、このお客さん。ええ、たしかにいらっしゃいましたよ」日焼けした顔に白いシャツがよく似合っている若い店長が、草薙の出した写真を見ていった。そこには矢島貴子が写っている。

「間違いないですか」

「間違いないです。ええと、先週の木曜日じゃなかったかな」

木曜日ならば十三日だ。

「よく覚えておられるんですね。毎日たくさんのお客さんが来るでしょうに」

「うちでもこの人を探してたんですよ」店長はいった。「忘れものをされましてね」

「忘れもの？」

「ちょっと待っててください」

彼はレジカウンターに行くと、小さな紙袋を持って戻ってきた。そして草薙たちの前で、袋の中身を取り出した。それは古いコンパクトだった。

「これを席に忘れていかれたんです。いずれ取りにこられるだろうと思い、保管してあったんですが」

「我々のほうから御本人に渡しておきましょう」

「そうしていただけると助かります」

「ところで」と草薙はいった。「この写真の女性に間違いなかったでしょうか。もう一度よく見ていただきたいんですが」

若い店長は少し心外そうな顔つきで、先程の写真を見直した。

「たしかにこの人でしたよ」そういって写真を返した。「じつはあの日、もう一つトラブルがあったんです。トラブル、というのは、ちょっと大げさかもしれませんが」

「何ですか」

草薙が訊くと、店長は周囲を見回すようなしぐさをしてから顔を近づけてきた。

「このお客さんの飲み物に、虫が入ってたんです」

「虫？」

「小さな蛾ですよ。一、二センチぐらいの。アイスティーに入ってたんです」

「それでその女性客が騒ぎだしたと？」

いえ、と店長はかぶりを振った。

「その時たまたまそばにいた私をお呼びになって、小さな声で教えてくださったんです。おかげでほかのお客様に気づかれずに済みました。もちろん、すぐに新しい飲み物と交換しましたが」

「そんなことがあったんですか」

なぜ矢島貴子はこのことを警察で話さないのだろうと草薙は思った。たとえ店の名前や場所が思い出せなくても、アリバイを主張したいのなら、当然話すべき内容だった。

「あの」その時牧田が店長に訊いた。「そういう場合、飲み物の代金なんかは、ふつう請求しないんじゃないですか」

「もちろんそうですが、あの時はどうしてもお客さんのほうが支払うとおっしゃったので、いただいたんです」

「どうしても支払う……ね」草薙はレジカウンターで支払いをしている客を見つめた。

客はレシートを受け取っていた。

彼女はレシートが欲しかったのではないか――そんな気がした。

店を出た後、草薙たちは矢島家に向かった。貴子は帰宅していた。

コンパクトを見せると、彼女はほんの少しだけうれしそうな顔をした。

「あの店に忘れてたんですか。どこでなくしたんだろうと思っていたんです」

草薙はアイスティーに蛾が入っていたという話についても確認してみた。彼女は、たった今思い出したという顔をした。

「そういえば、そんなことがありました。どうして思い出さなかったのかしら。ええ、そうです。小さな蛾が入ってたんです。まだ全然口をつけていなかったですから、別にどうということはなかったんですけど」

「そのことをもっと早くに思い出していただければ、何度も御足労いただくこともなかったのですが」草薙はいってみた。

「そうですね。でも気が動転してしまって、頭がうまく働かなかったんです」どうもすみません、と彼女は頭を下げた。

草薙が矢島家を出た時、前から秋穂が歩いてくるのが見えた。その足取りは重そうだった。この少女からは、まだ何の話も聞いていなかったことを草薙は思い出した。

やあ、と彼は声をかけた。秋穂は警戒する顔になり、足を止めた。

「今、学校が終わったの？」笑顔のまま彼は訊いた。

「犯人、わかったんですか」秋穂は固い表情でいった。大人びた口調だった。

「いろいろと調べてるところだよ。それで君も、何か気がついたことがあったら、教えてほしいんだけどね」

すると彼女は少しすねたような顔を見せた。

「あたしの話なんか、大人は信用してくれないもん」

「いや、そんなことはないよ。何か話したいことがあるのかい？」

秋穂は草薙の顔を見返した。「絶対に信用しないと思うな」

「そんなことないって。約束するよ」

草薙の言葉に、彼女は少し迷っている様子だった。しかしやがて口を開いた。

その話は、たしかに大人ならば信用しにくいものだった。草薙も途中からは、ただ相槌を打つだけだった。

火の玉なんか、どうせ何かの見間違いだろ。事件とは関係ないさ――腹の中でそう思っていた。

草薙たちの報告を聞き、上司の間宮警部は渋い顔をした。矢島貴子のアリバイは完璧といわざるをえなかった。外出してから帰宅するまでの行動が、ほぼ証明されたことになる。無論、二、三十分程度の空白はいくつかあるが、それでは犯行は不可能だ。

「振り出しに戻る、か。あの女房が絶対に臭いと思ったんだが」間宮はまだ諦めきれない様子だった。

警部が彼女にこだわったのは、アリバイがなかったせいではない。矢島忠昭にかけられた生命保険の大半が、ここ数か月の間に契約されたものだと判明していたからだ。

「だけどどうも合点がいかないんですよ。コンパクトを忘れていったことを本人が気づいてなくても不思議はありませんが、飲み物に虫が入ってたというのはかなり印象的な事件です。アリバイを尋ねられた時に、真っ先に話すのが当然じゃないでしょうか」

「そうはいっても、本人がうっかりしていたといってるんなら、信用するしかないだろう」仏頂面で間宮はいった。「あるいはやはり共犯の男がいる……か」

これも捜査本部内で有力な説だ。しかし貴子の周辺からは、それらしき男の影は見つかっていない。

「ヤジマ工業の従業員たちの血液型は、Aが二人にOが一人。B型はいませんもんねえ」牧田が発言した。今のところ犯人の血液型はB型と思われている。現場にあった灰皿に残されていた吸殻から割り出したものだ。被害者の矢島忠昭はO型で、しかも煙草を吸わない。

この吸殻が、犯人の唯一の遺留品といえた。缶コーヒーが二つ置いてあったが、一方の缶には指紋を拭き取った跡があった。ドアノブなどからも同様の形跡が見つかっている。

また現場には矢島忠昭のスポーツバッグが置いてあったが、中には会社のファイルなどが入っているだけだった。

この夜、草薙が警察署のそばのラーメン屋で遅い夕食をとっていると、携帯電話が鳴りだした。湯川からだった。

「どうだい、その後は？」湯川の口調はのんびりしたものだった。

「難航してるよ。矢島貴子から思わぬカウンターパンチをもらっちゃってさ」草薙は彼女のアリバイについて、かいつまんで説明した。

「じつに面白いな」湯川は興味をひかれたようだ。「徐々にからくりが見えてきた」

「からくり？」草薙は電話を握りしめた。

「君に見せたいものがある。明日の夜、うちの研究室に来てくれ」

「もったいぶるなよ。今、教えてくれ」

「百聞は一見にしかず、だよ。じゃあ――」

「あっ、ちょっと待ってくれ」草薙は急いでいった。「おまえが好きそうな話が一つある。聞きたくないか」

「内容によるね」

「絶対に聞きたがるさ。何しろ、火の玉の話だ」

「ほう……」

「聞きたくなっただろ？」

草薙は秋穂から聞いた話を、湯川に伝えた。

「素晴らしい」話を聞き終えた湯川は、電話の向こうでいった。「明日、会えるのを楽しみにしているよ」

「あっ、おい」草薙が声を出した時には電話は切れていた。

5

夜の大学というのは不気味なものだなと思いながら、草薙は帝都大学理工学部のキャンパスを歩いた。自分が学生だった頃、こんな時間に大学にいたことがあっただろうかと考えた。バドミントン部の練習は遅くまであったが、ずっと体育館にいるだけだった。

物理学科第十三研究室のドアをノックした時は、午後八時を回っていた。それでも廊下を何人かの学生らしき若者が通っていった。理系の学生は大変なのだなと改めて思った。

湯川は安っぽいマグカップを片手に、椅子に座っていた。カップの中身はいつものインスタントコーヒーだろう。

「セッティングが終わって、一息入れていたところだよ。君もコーヒーを飲むかい」

「いや、結構」草薙は小さく手を振り、そばの作業台の上を見た。マネキンの上半身が横たわっていた。「これは？」

「説明の必要はないだろう。被害者の矢島忠昭のつもりだ。照明効果の研究をしているところから借りてきたよ」

「何かわかったのか」

「わかったというか、自分なりの結論は出してみたよ」

「何だ。教えてくれ」

湯川はマグカップを置いて立ち上がると、作業台に近づいた。

「このマネキン、結構重かったよ。上半身だけでそうなんだから、全身を借りてきたら大変だったと思う」湯川は草薙のほうを振り返った。「マネキンでこうなんだから、本当の人間ならもっと大変だっただろうな。被害者はなかなかいい体格をしていたし、しかもマネキンみたいに硬くはない。ベッドの上に寝かせるのは、かなり重労働のはずだ」

あっ、と草薙は声を漏らした。

「現場の状況から単純に推理すると、矢島は犯人とテーブルを挟んで向き合っていたことになる。もちろん椅子に座っていた。ところが睡眠薬入りのコーヒーを飲まされたために途中で眠り込んでしまい、犯人に絞殺されたというわけだ。しかし――」湯川は人差し指を立てた。「なぜ犯人は矢島の身体をベッドに載せる必要があったんだろう。殺すことだけが目的なら、椅子に座ったまま眠っている矢島の首を、その場で絞めてもよかったはずじゃないか」

草薙は口元に手をやった。たしかにそうだ。今まで誰も気づかなかったことのほうが不思議だった。

「不可解なのはそれだけじゃない。犯人はなぜテーブルの上の缶コーヒーを片づけていかなかったんだろう。指紋を拭き取った跡があるということだが、そんなことをするぐらいなら、持ち去ったほうが確実じゃないか？　灰皿の中の吸殻にしてもそうだ。犯人がうっかりしていたと考えるには、少し無理があるんじゃないだろうか」

「じゃあどうだっていうんだ」草薙は苛立って訊いた。

湯川は眼鏡を外し、白衣の端でレンズを拭いてからかけ直した。

「僕の推理はこうだ。ベッドに横たわったのは矢島本人の意志によるものだ。缶コーヒーや吸殻の主も存在しない、全部彼が用意したものだ。つまり矢島忠昭は殺されたんじゃない。あれは他殺に見せかけた自殺だった」

「自殺？」草薙は声のトーンを上げた。「冗談だろ？　あの状況をどう解釈したら、自殺ってことになるんだ」

「ふつうに解釈したんだよ。その結果、そういう結論に達した。家族や従業員たちを救うため、彼は死を選んだんだ。生命保険は加入後一年未満の自殺では保険金が支払われないからな」

「馬鹿な。俺はこれまでに何人もの死体を見てきたが、自分で自分の首を絞めたという死体には出くわしたことがない。もちろんありえないことだとはいわないさ。たとえば濡れた手ぬぐいを使って絞めるとかすれば、意識を失った後も絞める力が緩まないから絶命するという話は聞いたことがある。だけどそれは例外だ。今回の絞殺痕を見るかぎり、自分で絞めたということは絶対に考えられない」

「今回の事件は、例外中の例外なんだよ。矢島忠昭は綿密に計画を立てて、自分を絞殺したんだ」

草薙は首を振り、考えられない、と繰り返した。

湯川は白衣のポケットから何か取り出した。先日、ヤジマ工業で拾った紐だった。

「この紐の正体がわかった。何だと思う?」

「わからん」

すると湯川は一旦本棚の向こうに消えた。再び現れた彼は、手に意外なものを持っていた。アーチェリーの弓だった。

「それは……」

「この紐の正体は、アーチェリーで使われる弦だった。見てみろよ、同じだろう?」

弓には細い弦がぴんと張られていた。ヤジマ工業の工場で拾ったものと見比べると、たしかに同じもののようだった。紐の先端の小さな輪は、弓に引っかけるためのものだったのだ。

「工場の壁に『一射入魂』と書かれた紙が貼ってあっただろう? あの言葉は、アーチェリーをする人間が使っていたものだ。昔、アーチェリー部に友人がいて、聞いたことがあったんだ。矢島忠昭の経歴を細かく調べてみるといい。八十パーセント以上の確率で、アーチェリー経験者だと思うね」

「……調べてみよう。だけど、こんなものがどう関係してくるんだ」

「それをこれから説明する。見てもらえればわかるように、張られた状態の弓の弦というのは、強い力で引っ張られている。僕は矢島忠昭が、この力を利用して自分の首を絞めたんじゃないかと推理した。問題は、その方法だった」

湯川は作業台に戻ると、マネキンの頭頂部から数センチ離れたところに弓を置いた。さらに弦がマネキンの首のあたりに触れるよう位置を調整した。弓と弦の間に、頭が入る形だ。

「さて、もちろんこれだけでは何も起こらない。そこでもう一本、弦が登場する」湯川は作業台の引き出しを開け、新たに一本の弦を出してきた。「ただしこの弦は、現在張られている弦よりも三十センチほど長く作ってある。アーチェリー部へ行って、特別に作ってもらったんだ。ベテランプレーヤーになると、材料の細い糸だけを買ってきて、自分に合った弦を縒《よ》るそうだよ。もっともこれを作ってくれた部員も、こんなに長い弦は作ったことがないとこぼしてたがね」

湯川はその長い弦の一端を弓の一方の先に引っかけ、マネキンの首をぐるりと一周させた後、もう一端を弓の他方の先にかけた。長さは、わずかに余裕がある程度だった。

「このように弓には二本の弦がかけられている。しかし現在弓をしならせているのは短いほうの弦だ。この状態で、もしこの短いほうの弦を切ったらどうなるだろう？」湯川が草薙に質問してきた。

「どうなるって、当然弓は真っ直ぐになろうとするよな。だけどもう一本弦が取り付けてあるわけだから……」

「今度はそちらのほうの弦に弓の力が加えられる。弦が引っ張られるということは、マネキンの首が絞められるということだ」

わかるだろ、というように湯川は口元を緩めた。

「矢島はこういう仕掛けを作った後、自ら短いほうの弦を切ったというのか」

「それでも死ねただろうが、彼はそうはしなかった。睡眠薬を飲み、眠っている間に死ねるよう工夫したんだ」

「自動的に短いほうの弦が切れるよう細工したわけか。タイマーか何かを使って」

「タイマーは使っただろう。だが問題は切る方法だった。これには僕も頭を悩ませた。というのは、アーチェリーに使うだけあって、弦は頑丈な素材で出来ている。カッターナイフや鋏《はさみ》で切ろうと思えば切れるが、それを自動的に行うには、かなりのメカニズムが必要なんだ。何とかシンプルでコンパクトな仕掛けにできないか考えてみた」

「で、おまえのことだから名案が思いついたんだろう?」

「僕が思いついたというと正確じゃないな。何しろヒントはあったわけだから」そういうと湯川は、例の拾った紐をもう一度手にした。「この弦の切れ端は、おそらく矢島忠昭が何度か実験した時に出たものだ。そこでこの弦の切断部を観察してみた。すると、やはり刃物で切られた形跡がなかった。顕微鏡で見てみると、糸の一本一本の先が丸くなっている。これで仕掛けがわかった」

「どういう仕掛けだ」

「熱だよ」

「熱?」

「この弦の素材は高密度ポリエチレンだ。機械的な強度はあっても、熱に弱い。つまり、溶かして切ってしまうのが、最も手っ取り早いんだ。で、どうやって熱を加えるかという点だが」湯川は作業台の隅に置いてあった電気コードに手を伸ばした。先端に五センチほどの金属棒のようなものがついている。「これを使う。先端につけてあるものには見覚えがあるだろ?」

そういわれても思い当たることがなかったので草薙は首を傾げるしかなかった。

「ヤジマ工業の工場で見たじゃないか。ウインドウォッシャー液のタンクを作るのに使っていたヒーターだよ。あのヒーターを短く切ったものだ」

「ああ」思い出した。田中が使っていた機械だ。

湯川はペンチでヒーターの根元付近を持ち、ぴんと張られた弦に軽く触れさせた。

「矢島忠昭は、この状態でヒーターを固定できる簡単な器具を用意していたはずだ。でも今日のところは僕がこうして持っていることにしよう。さらに本来ならばタイマーを使用するところだけど、手持ちがないのでクサナギ・タイマーを使うことにしよう」

「クサナギ・タイマー？」

「僕が合図したら、ヒーターに繋がっているコードをコンセントに差し込んでくれ」

湯川にいわれ、草薙はコードのプラグを持ち、コンセントのそばで構えた。

「危ないから、弓には近づくなよ。でもしっかり見ておくんだ」

「わかった」

「よし、いいぞ。スイッチ・オンだ」

合図を聞き、草薙はプラグをコンセントに差し込んだ。

途端に湯川の手許でヒーターが赤くなった。ヤジマ工業で見たものと同じ色だ。

「弦が切れるぞっ」湯川が声をあげた。

その直後、がたっと音がして弓とマネキンが一瞬だけ動いた。先程まで張りつめていた弦が、一部を切られ、だらりと下がっていた。代わりにもう一本の弦が、今は伸びきっていた。その弦はマネキンの首を絞めている。

「目を離すな。まだ続きがある」湯川がいった。

ヒーターは依然として熱を放ち続けている。その熱は、残るもう一方の弦をも溶断しようとしていた。

激しい音と共に、弓が作業台の上で跳ねた。同時に、切れた弦が空中を飛んだ。先端が燃えたままだったので、炎が舞ったように見えた。

「スイッチ・オフだ。草薙」

湯川にいわれ、草薙はあわててコンセントからプラグを抜いた。湯川は、まだ熱いヒーターを慎重に流し台まで持っていった。

「今のが火の玉の正体か……」草薙は呟いた。「事件前夜、矢島は最後の実験をしていたんだ。それを秋穂ちゃんが目撃したということか」

「ホテルのカーペットを焦がしたのも、焼けた弦の先端が犯人だろうな。さらに」といって湯川はマネキンの首を指した。「これを見てみろよ」

示されたところを見て、草薙は小さく声を漏らした。

マネキンの首には、鋭い擦り傷がついていた。それは単に絞められた痕ではなかった。

「今見たように、一本目の弦が切れると、もう弓の力をくいとめるものは何もないから、弓は真っ直ぐに伸びる。その力で、首に巻き付いていた弦が、一気に引き抜かれることになる。その摩擦で、こういう傷になるわけだ」

「矢島の首の傷跡も、それが原因か」

草薙はそばの椅子に腰を下ろした。すべての辻褄が合っていた。

「どうかね、草薙刑事」湯川が尋ねてきた。口元に笑みが浮かんでいるのは、実験が会心の結果に終わったからか。

「だけど現場には、こんな仕掛けは何もなかった」

「もちろん共犯者が始末したんだろう。大仕掛けに見えるかもしれないが、さほどかさばらない。この弓にしても、三つに分解できるから、スポーツバッグに楽々おさまる」

「共犯者……がいたわけか」

「だろうな。その確率は九十九・九パーセントだ」

草薙は思考を巡らせた。あのホテルならば、夜中に行けば人に見られる危険も少ない。矢島忠昭と共犯者は、事前に部屋の鍵の隠し場所を決めておいたのではないか。共犯者はその鍵を見つけ、真っ直ぐ部屋に向かう。そしてなるべく死体に手を触れぬよう気をつけながら、すべての仕掛けを回収する。そのままでは矢島忠昭のバッグが空のまま残ってしまうので、持参してきたファイルなどを入れておいたというわけだ。

「共犯者は貴子か」草薙はいった。

「そう思うかい？」湯川が訊いた。

「違うというのか」

「僕は、矢島忠昭はこの計画のことを奥さんには話してなかったと思う。話せば引き留められると考えるのがふつうだ」

「すると……あの男か」坂井善之の顔を草薙は思い浮かべていた。

「だろうね。誰よりも完璧なアリバイを持っていることが逆に怪しい」

「よし」草薙は立ち上がった。「湯川、この実験をうちの課長たちにも見せてやってくれるかい？」

「必要とあらば仕方ないね」

「絶対、必要になるさ」草薙はドアに向かって駆け出した。

6

草薙の話には、間宮警部も驚嘆した。警部だけでなく、他の捜査員も衝撃を受けたようだ。

早速矢島忠昭の経歴が調べられた。すると湯川が断言したとおり、彼は学生時代から約十年ほどアーチェリーをしていた。また都内の某アーチェリーショップを調べたところ、彼が弦の材料を買っていることがわかった。

しかし収穫というべきものは、殆どこれだけだった。湯川が実験したようなことがホテルで行われたことを示す物証は、何も見つからなかった。

無論、ヤジマ工業の工場には、実験を成立させるための器具は揃っていた。ヒーター、タイマー、電気コード等だ。だが、揃っているからといって、そのことが行われたことにはならない。

捜査員たちが苛立つ中、時間だけが無駄に過ぎた。

事件から一か月後、草薙は湯川の研究室を訪れた。あの実験を見て以来、初めてのことだった。

「すると事件は迷宮入りの様相を呈してきたわけか」草薙の話を聞き、湯川はいった。

「というより、俺たちの役目は終わったという感じだな。後は二課の連中に任せるよ」

「なるほど。保険金詐欺事件というわけか」湯川はパソコンのモニターを見つめている。そこに表示されている複雑な画像の意味は、草薙には全くわからない。「弓は見つからなかったのか」

「矢島の家の物置から、ケースだけは見つかった。だけど肝心の弓は消えていた。たぶん坂井が処分したんだろう。仕掛けの形跡が残っていたのかもしれないな」

「彼等なら、そこまで慎重にやるだろうね」意外でもないという顔を湯川はした。

「今度の事件でわからないのは、矢島貴子のことだ。彼女は本当に、忠昭の自殺とは無関係だったのかな」

貴子の周辺についても、徹底した調査が進められた。しかし事件に関係しそうな事柄は何ひとつ見つからなかった。

「直接は関係しなかったのだろう。だけど、彼女の功績は大きかったといえるんじゃないかな」

「功績？」草薙は湯川の横顔を見た。「どういう意味だ」

湯川は椅子を回転させ、草薙のほうを向いた。

「矢島忠昭は今回の計画を奥さんには話さなかったと思うが、だからといって彼女が何も知らなかったとはいえないんじゃないか。矢島と坂井の様子などから、薄々感づいていたんじゃないだろうか」

「保険金目当てに亭主が自殺することを知ってたというのか」

「だったら、なぜ止めなかった、と君はいいたいんだろうな。でもそれができないほど、彼女もまた追いつめられてたんじゃないか」

湯川の言葉に草薙は反論できなかった。ヤジマ工業が瀕死の状態にあったことは、これまでの捜査で明らかになっている。

「逆に彼女は、夫の命を賭けた計画に、自分も何らかの形で協力しようとした。それが、あのアリバイだった」湯川は続けた。「君の話によれば、彼女は三つの場所でアリバイ作りをしていたということだったな」

「そう。最初は子供服売場、次が喫茶店、最後が地下食料品店だ」

「なぜ三箇所にわけたと思う？」

「それは……」

草薙は言葉に詰まった。そんなふうに考えたことはなかった。

「僕の推理はこうだ。彼女は夫が何時頃に自殺するつもりなのかを知らなかったんだ。わかっていたのは、坂井善之がアリバイ作りをしている時間内だろうということだけだ。それは四、五時間に及ぶから、とても一箇所ではカバーしきれなかった」

「そういうことか」

「理由はもう一つある」湯川は人差し指を立てた。「アリバイのない時間帯を、細かく選べるようにしたんだ。君たちは忠昭の死亡推定時刻を午後五時から七時とし、それに基づいてアリバイ調査をした。だから彼女は、喫茶店でのことを黙っていた。彼女の目的は、とりあえず警察の疑いを自分に向けることだったんだ。もしも七時以降のアリバイを訊かれていたら、彼女は地下食料品店でのアリバイを隠していたはずだ」

「そうして十分に警察の目を引きつけておいてから、さも不意に思い出したようにアリバイを主張するわけか」

「彼女の作戦に引っかかったとは思わないかい？」湯川は眼鏡の奥の目に、幾分底意地の悪そうな光を宿らせた。

「否定はできないな」草薙は素直に認めた。「彼女に目を奪われていなければ、もっと別の考え方をしていたかもしれない。初動捜査を狂わされたという実感はある」

たとえば目撃者探しだ。捜査員たちは、午後五時から七時の間にホテル周辺で怪しい人間を見た者を探そうとした。だがそんなことは無意味だった。共犯者の坂井が動いたのは、あの日の深夜だったのだから。

「してやられた、ということなのかな」

「まあいいじゃないか」湯川はさらりといった。「僕は無事に保険金が支払われることを祈るね。一年以内の自殺だろうが何だろうが、矢島家が大黒柱を失ったことは事実なんだからな」

「でもこれは犯罪だ」

「ルール違反かもしれない。だけど一年という数字にどんな意味があるんだい？」

湯川の問いに草薙はうまく答えられなかった。ルールだから、としかいいようがない。

その時だった。彼の携帯電話が鳴りだした。出てみると牧田からだった。別の事件が起きたという知らせだった。

「出動だ」彼は立ち上がった。

「今度は事件をここへは持ち込まないでくれよ」

湯川の声を背に受けながら、草薙は部屋を出た。

第五章　予知る《しる》

1

食卓には魚介類を中心にした料理が載っていた。静子は肉料理をあまり作らない。自分が好きでないからだろう。峰村英和がさっぱりした味覚の白ワインを持参してきたのも、彼女のそうした好みを知っているからに違いない。彼のこういうところを直樹は気に入っていた。細かいところに気配りができ、小回りがきく。技術者にしておくのはもったいないとさえ思うことがある。

「シュール・リーというのは、通常より早めに収穫した葡萄《ぶどう》で作るはずです。それでちょっと若い味がするそうです。僕には正直いって、よくわかりませんが」峰村が持参してきたワインについて説明している。講釈が嫌味にならぬよう気をつけているのがよくわかる。

「本当に、さっぱりしてておいしい。ねえ」グラス片手に静子が直樹に同意を求めてきた。うん、と彼は頷く。じつのところ、ワインの違いはよくわからない。彼は日本酒のほうが好きだった。

峰村は直樹の大学の後輩だった。ヨット部の三年下だ。ただし学部は違う。直樹は経済学部で、峰村は工学部だ。その頃は特に親しく付き合っていたわけではない。ヨット部とはいえ体育会だ。先輩と後輩の間には見えない壁がある。

交流が復活したのは、峰村が直樹のいる会社に入ったことがきっかけだった。宣伝部の直樹と製品開発部の峰村では仕事上の付き合いは少ないが、ヨットという共通項が存在する。卒業後も自分の船を持ち、仲間たちと年に何度かは海に出ていく直樹にとって、信頼できる部下が出来るのは心強かった。

それから十年以上が経つ今も、峰村との付き合いは続いている。海に出る数日前には、彼が直樹の家に来て、打ち合わせをするのだ。今夜も、そういう理由で彼が来ているのだった。そのついでに妻の手料理を食べさせるのは、直樹なりの労《ねぎら》いのつもりだった。

峰村が持ってきたワインが空になりかけた時、リビングボードの上に置いてある携帯電話が鳴り出した。

「おっ、菅原さんの携帯ですよ」峰村がいった。

「そうだな。何だろう、こんな時間に」

直樹は立ち上がったが、急いでは電話を取らなかった。嫌な予感がしていた。電源を切っておかなかった迂闊《うかつ》さに自分で腹を立てた。

電話は鳴りやまない。出ないことには峰村や静子が怪しむだろう。仕方なく直樹は電話に出た。「はい、もしもし」

息を飲む気配があり、「あたし」と女の声がした。聞き慣れた声だった。

「ああ……どうも」

嫌な予感が的中した。直樹は食卓の二人に背を向けていた。

「今、どこにいるの？」

「いや、今はちょっと来客中で、あとから電話します」

直樹の演技に、相手の女が笑った。「家にいるんでしょ」

「ええ、まあ。ですから、後ほどこちらからかけ直します。申し訳ありません」早口でいって、そのまま電話を切ろうとした。

「切っちゃだめよ。切ったら、何度でもかけるからね。電源をオフにしてもだめ。そんなことをしたら、今度は家のほうにかけちゃうから。あたし、電話番号を知ってるのよ」

直樹の全身が熱くなった。女の様子は明らかにいつもと違っていた。

「はい、わかりました。じゃあ、あの、ちょっとお待ちを」

直樹は携帯電話を耳に押しつけたまま、ドアを開けて廊下に出た。峰村や静子のほうは見なかった。どんな顔をしていいかわからなかったからだ。

隣の部屋に入った。そこは直樹が書斎にしている部屋だった。

「なんだよ、一体。俺を困らせるなよ」椅子に座ってから直樹は相手にいった。

「どうして困ることがあるの？　そんなにあたしのことを隠しておきたいわけ？」

「事情を考えろ。そばに女房だっているんだ」

すると女は、あら、と意外そうな声を出した。

「あたしのことは奥さんに話してくれる約束だったじゃない。だったら、もう知られてもいいんじゃないの？」

「時期を見てるといってるだろ。こういうことにはタイミングというものがあるんだ」

「そんなことばっかり。もう聞きあきたわよ」

「とにかく、明日こちらから電話するから。それでいいだろ」

「だめ」女は短くいい放った。

直樹はこっそりとため息をついた。

「何がだめなんだ」

「あなたのことが信用できなくなってきたの。本当に奥さんと別れる気があるのかなって。こんなことばっかり続いてたら、当然でしょ」

「嘘なんかついてないよ。いい加減、だだこねるのはやめてくれ」直樹は小声でいった。

隣にいる静子たちに声が聞こえていないか心配だった。

「今すぐ話して」

「えっ？」

「奥さんにあたしとのことを話して」

「無茶いうなよ。そのうちに必ず話すから」

「何が無茶なのよ」女はヒステリックな声をあげた。「そのうち、そのうちって、一体どれだけ待たしたら気が済むわけ？　あたしはもう待てない。だから、こうして電話したの」

「そんなこと急にいわれても無理なのはわかるだろ」直樹は懇願する口調になっていた。

「あなたが話せないなら、あたしから話す。この電話を奥さんに渡して」

「そんなこと、できるわけないじゃないか。わかった。明日、ゆっくり話そう。場所はどこがいい？」

直樹としては、とにかく一刻も早くこの場をおさめたかった。しかし女は彼の言葉を聞いていなかった。

「奥さんに電話に出てもらって」

「馬鹿いうなよ」

「あたしが冗談でこんなことをいってると思ってるの？」

「冷静でないことはたしかだろ。少しは頭を冷やしたらどうだ」

するとは一瞬口を閉ざした。直樹にとって不気味な沈黙だった。

「あなたこそ、本気になったほうがいいわよ」女の声は低くなっていた。

「どういう意味だ」

「あなた、自分の部屋にいるんでしょ。カーテンを開けてみて」

「何?」

「カーテンを開けてみてといってるの。それとも、今はあたしの顔を見るのも嫌なの?」

不安な思いが直樹の胸をよぎった。何を考えてるんだ、あの女——。

彼は手を伸ばし、カーテンの端を摑んだ。そのまま横に開いた。

すぐ前にマンションがあり、向かいの部屋のベランダが見える。そこの窓のカーテンも開けられていた。部屋の中で女が彼のほうを向いて立っている。手に持っているのは携帯電話だろう。

「何だ、一体」と彼は訊いた。

「あなたが本気になってくれないのなら、あたしにだって覚悟があるのよ」そういうと女は後ろに下がった。

そこにはパイプハンガーが置いてあった。スライド式のもので、パイプの高さをいっぱいに伸ばしてあるようだ。そこに洋服は一着もかかっていない。代わりにぶら下がっているものを見て、直樹は息を飲んだ。先を輪にした紐だった。

「おいっ、何をする気だ」

だが女は答えない。パイプハンガーの足元に何か置いてあるらしく、その上に乗った。彼女は直樹のほうを向き、首を紐の輪に通した。

「おい、富由子っ」直樹は女の名を呼んでいた。「悪い冗談だぞっ」

「冗談なんかじゃない。あたしにも覚悟があるといったでしょ」

「やめろ、馬鹿なことをするな」

「やめさせたいなら、あたしの願いをきいて」

「わかった。女房には話す。近いうちに必ず話す。だから、変なことを考えるな」

「そんなの信用できない。今すぐ奥さんに電話に出てもらって。あたしの必死の思いを、あたしが自分で伝えるから」

「勘弁してくれよ、こんなの脅迫じゃないか。俺を苦しめて楽しいのか」

「あなたはどうなの？　長い間、あたしを苦しめてきたことについてはどう思ってるの？　あたし、もう耐えられないのよ。死んだほうがましだと思っちゃうの」

「すまん。君には悪いと思ってる。だから、その……」

「奥さんを呼んできて」

「今はだめだ」

「どうしても？」

「だって仕方が――」

「さよなら」

女が台から飛び降りるのが見えた。パイプハンガーが揺れた。

「あっ、富由子っ」直樹は叫んでいた。「おいっ、おいっ、ふゆこおっ」

電話からは何も聞こえてこなくなった。直樹は向こうの室内を凝視した。女の身体は中央でぶら下がっていた。頭はがっくりと前に倒れ、両手はだらりと下がっている。芝居には見えなかった。

次の瞬間だった。廊下を誰かが駆ける音がした。続いてドアをノックする音。

「菅原さん、ちょっと開けていいですか。大変ですっ」峰村の声だ。

直樹が答えられないでいると、峰村は勝手にドアを開けた。直樹が携帯電話を手にしているのを見て、彼は一瞬躊躇した顔をした。

「あっ、すみません。まだお電話中でしたか」

「いや……もう終わった」直樹は電話の通話を切った。

「大変なんです。向かいの部屋で女性が自殺を図ったんです」峰村の目は血走っていた。

「見てたのか」

「ええ。何気なく窓の外を眺めてましたら、そんなことになって……」そこまでいってから峰村は、この部屋の窓のカーテンが半開きになっていることに気づいたらしい。

「菅原さんも見たんですか」

「う、うん……」

「警察に連絡したほうがいいでしょうね。ほかには誰も気づいてないと思うし」

「いや、ちょっと待ってくれ」部屋を出ていこうとする峰村を直樹は呼び止めた。「静子はどうしてる？」

「奥さんも御覧になって、すごくショックを受けておられます。今はたぶんソファで休んでおられると思います」

「そうか」直樹は唇を噛んだ。様々な考えが頭の中で渦巻いた。それらを整理することはとてもできそうになかった。何もかもが混乱していた。

「菅原さん、警察に――」

「待ってくれ」直樹は右の掌を広げた。「あの女は、俺が付き合ってた女なんだ」

「えっ」峰村は目を見開いた。

「詳しい事情を話してる暇はないが、とにかくそういうことだ。それで今もあの女から電話がかかってたんだ。女房に自分のことを話してくれないと死ぬとかいいだしてね。どうせ脅しだろうと思ったんだが」

「本当に自殺を図ったと」

そういうことだ、と直樹は頷いた。全身から力が抜けていく。

「そんな……」峰村も言葉をなくしたようだった。

直樹は両手で頭を抱えた。

「まずいよ。あの女の部屋を警察が調べたら、自殺の理由もわかるだろう。そうなったら会社にもばれて……ああ」

「わかりました。菅原さん、とにかくあの部屋に行ってみます。もしかしたら、病院に運べば助かるかもしれない。俺、行ってきますよ」

「助かるかな」直樹は力なく答えた。峰村の言葉は一縷《いちる》の望みを持たせてくれるものではあったが、目の前が真っ暗であることに変わりはなかった。

「わかりませんけど、そうするしかないんじゃないですか」

「そうだな。じゃあ行ってきてくれるか」

「わかりました。結果はすぐに報告します」

「鍵はここにある」直樹は机の引き出しを開け、隠すように入れてあった鍵を取った。

だが峰村はかぶりを振った。

「勝手に入るのはまずいですよ。やっぱり、管理人さんに開けてもらいます」

「あ、そうだな」峰村のいうとおりだった。

峰村は部屋を出ると、リビングには行かず、そのまま玄関に向かった。彼としても静子にどう話していいかわからないのだろう。

直樹は自分の手の中にある鍵を見た。悪夢を運んできた鍵だった。

2

瀬戸富由子は広告代理店に勤める女子社員だった。直樹の会社が開発した新製品の販売促進キャンペーンをした時、仕事を通じて知り合った。約一年前のことだ。

硬いデザインのスーツを着こなし、てきぱきと仕事をこなす彼女の姿は、直樹の目には新鮮に映った。彼の周囲には、彼女のような典型的なキャリアウーマンはいなかった。

付き合いが始まったのは、直樹のほうから電話をしたからだ。何度か食事を共にし、やがて肉体関係を持つようになった。彼女はプライベートな時間では、じつに女っぽいところを見せた。嫉妬心を口に出したり、時には少女のようにだだをこねることもあった。仕事中とのギャップに戸惑った直樹も、それが彼女の魅力だと思えるようになった。要するにのめりこんでいった。

妻の静子はおとなしく物静かで、何事もそつなくこなす優等生だ。どんな時でも夫と家庭のことを一番に考えてくれる。その性格が気に入って直樹は彼女と結婚したのだが、数年が経つ頃には、そのソツのなさが退屈になっていた。彼は何度か浮気をした。いずれも長い付き合いではない。一晩かぎりという相手も何人かいた。

しかし富由子とは違った。彼女といる時間に直樹は幸福を見いだすようになっていた。やがて、ずっと一緒にいたいと思うようになった。この時の感情を、彼は後に「魔が差した」と悔やむことになる。

交際から約半年後、富由子は妊娠した。酔った勢いと、「この女と結婚してもいい」という思い込みから、避妊せずにセックスをした代償だった。妊娠を知り、直樹は初めて焦った。産ませるわけにはいかなかった。結婚してもいいと思ったことはあるが、それに向けての覚悟は何もなかったのだ。

「いずれ女房と別れるから、それまで待ってくれ」

不倫の始末に困った男が常套的に使うこの台詞を、彼も口にすることになった。まずは堕胎させることが第一だった。後のことは後で考えよう、と思った。

しかし瀬戸富由子は、一時的なごまかしで納得する女ではなかった。堕胎を終えた彼女は、直樹の度肝を抜く行動に出た。何と、彼の住むマンションのすぐ向かいに越してきたのだ。しかも窓の真正面にある部屋だ。

「家賃が高いから、あの賃貸マンション、全然借り手がつかなくて空き室が多いのよ。とはいえ、あんな部屋が空いてたなんてラッキーよね。あたし、何か運命的なものを感じちゃった」

富由子が嬉々として話していたのを直樹は思い出す。その時に渡されたのが、現在彼が手にしている鍵だった。

愛人があまりに近くに住んでいるのは、男にとって居心地の悪いものだ。それだけでなく富由子は、いろいろな形で直樹にプレッシャーをかけてきた。静子の買い物を尾行し、「今夜の晩御飯のおかずは舌平目だったでしょう」などと電話でいってくることもあった。また直樹と静子が歩いている時、わざと反対側から来て、すれちがいざまに彼の手に触れていくということもあった。ある時などは、直樹が何気なく窓の外に目をやると、彼女が双眼鏡で彼のほうを見ていたということもある。

それらのことについて彼が抗議すると、彼女は決まってこういい返した。

「あなたが悪いのよ。あたしがそばにいるのに、いつまでも奥さんと暮らしているから、邪魔をしたくなっちゃうの。あなたのことを愛しているから我慢できないの」

直樹は次第に富由子のことが恐ろしくなってきた。ほうっておくと何をするかわからなかった。

「あなた、あたしと別れたいと思ってるんじゃないでしょうね」時折、彼女はベッドの中でこんなふうにいった。「もしそんなふうに思ってるんなら、早くいってね。別れてあげる。だけど、ただでは済まないわよ。あなたとのことは、周りの人に全部ばらすから。うちの会社の人にも、あなたの会社の人にもね。もちろん奥さんにもよ。それから慰謝料も貰うから。あなたはあたしと結婚するっていったんだからね。あたし、すごく優秀な弁護士さんを知ってるから、覚悟してなさい」

こんなふうに話す時の彼女の表情は、魔性の女そのものだった。直樹は背筋が寒くなるのを感じながら、「別れたいなんて思ってないよ」と弁解した。

早く何とかしなければ――ここ最近は、ずっとそのことばかりを考えてきた。富由子の我慢が限界にきていることも感じ取ってはいた。

しかし、と直樹は鍵を見つめながら思った。まさかこんなことをするとは――。


富由子の部屋で何かが動くのが視界に入った。直樹はじっと見つめた。知らない中年男が、おそるおそるという感じで部屋に入ったところだった。男の後ろには峰村がいた。男は紺色の作業服のようなものを着ている。たぶん管理人なのだろう。

二人はパイプハンガーをゆっくりと倒し、ぶら下がっている富由子の身体を下ろした。それからのことはベランダの柵が邪魔で、直樹からはよく見えない。しかし間もなく、管理人が立ち上がり、ドアを開けて出ていった。顔つきが険しくなっていた。

それから峰村が立ち上がった。携帯電話を耳に当てたまま、直樹のほうを向いた。

直樹の携帯電話が鳴った。彼は通話ボタンを押すと、峰村の声を待たずに、「どうだ?」と尋ねた。

「よくわかりませんけど、だめかもしれません。全然息をしていないし、脈もありません」峰村の声は暗かった。向こうの部屋で彼は首を振っていた。

「そうか……」

「今、管理人さんが、病院と警察に連絡をしに行きました」

「わかった。すまなかったな」

「いえ。あの……カーテンはどうしましょう？」

「カーテン？」

「開けたままでいいですか」

「ああ、いや、閉めてくれ」

「わかりました」

電話を切った後、峰村がカーテンを閉めるのが見えた。

直樹は太い吐息を一つついてから立ち上がった。全身が鉛のように重かった。このまま逃げ出してしまいたい。しかしそれはできなかった。時間の問題で、警察がここへ来るだろう。忠実な峰村も、彼等には嘘をつかないはずだ。

それまでにしておくべきことがあった。彼は部屋を出て、リビングルームに行った。

峰村がいったとおり、静子はソファに座っていた。顔が青ざめている。

「あなた、向かいのマンションで――」

「わかってる」直樹は息を整えようとした。しかし呼吸は苦しくなるばかりだった。荒い息づかいのままで彼はいった。「じつは話しておきたいことがある」

静子が唾を飲み込む気配があった。

3

おかしな話だが事件というほどのものじゃない、と刑事の小田は考えていた。少なくとも殺人事件ではない。不倫相手への当てつけに、頭のいかれた女が自殺したというだけのことだ。鑑識も何も不審な点はなさそうだといっているし、何より自殺する瞬間を目撃した者がいる。

ただ一点気になることといえば、その目撃者の一人が件《くだん》の不倫相手ということだが、女が自殺する時に自分の部屋にいたことは、第三者が証言している。何らかの手を下した可能性は皆無といえた。

それでも捜査には確認というものがつきもので、ほかに誰か目撃者がいないかどうかを調べる必要がある。小田は、彼と同様にあまりやる気のなさそうな後輩刑事と共に、七〇五号室を訪ねた。隣の七〇六号室が、死んだ女の不倫相手である菅原直樹の部屋だ。

インターホンを押すと、主婦らしき女性の声が返ってきた。小田は身分を名乗った。

ドアはすぐに開けられた。三十代半ばと思われる、小柄な女性が顔を出した。警察と聞いたからか、少し表情が強張っている。無理もないことだ。

小田は警察手帳を出してから、昨夜の事件を知っていますかと尋ねた。通報があってから、約十二時間が経っている。今は朝の九時過ぎだった。

「何か、パトカーが来たりして騒いでたのは知ってますけど」女性は不安そうに答えた。顔色がよくないせいか、神経質そうに見える。近所の主婦たちと井戸端会議をするタイプではないのかもしれない。

「向かいのマンションで女性が自殺しましてね」

小田がいうと、彼女は大きく目を見張った。今時、自殺程度でこんなにショックを受ける人もいたのかと、彼は少し意外に感じた。

「ところが、その女性の部屋の窓が、ちょうどこのあたりから見えるはずなんです。それで、お宅でも何か目撃された方はいらっしゃらないかと思いまして」

いいながら、間の抜けた質問だと小田は思っていた。事件のことすら知らないのだから、何も見ていないのは明白だった。隣では後輩刑事がよそ見を始めている。

だが小田の言葉を聞いた主婦の反応は、彼の予想を裏切るものだった。驚いたように口を開け、瞬《まばた》きを繰り返した。

「何か？」と彼は訊いた。

「あの、その女の人というのは」彼女は胸を押さえながら続けた。「首を……吊ったんでしょうか」

小田は後輩刑事と顔を見合わせ、再び彼女を見た。

「そうですが、どうして首つり自殺だと?」

「それは、あの、娘が……」

「お嬢さん?」

「はい。うちに娘がいまして、あの、その娘が」そこまでいったところで彼女はうつむいた。「ああ、でもこんなこと、刑事さんにお話しするようなことじゃないかもしれません。単なる偶然に決まってるんですから」

こんな言い方をされて気にならない人間はいない。

「何でしょうか。どんなことでも結構ですから、話していただけませんか」

彼女は少しまだ迷っているようだったが、躊躇《ためら》いがちに唇を開いた。

「娘が変なことをいったんです。向かいの建物に住んでる女の人が、首つり自殺をするのを見たって」

「見た? いつのことですか」

「それが……娘がそういうことをいいだしたのが二日前の朝なんです」

「二日前っ」

刑事たちは再びお互いの顔を見た。

4

「予知、ということか。それでオカルト事件担当の草薙俊介刑事にお呼びがかかったんだな」助手席で湯川学が皮肉った。シートをいっぱいに倒し、長い脚を組んでいる。アルマーニの黒いシャツを着て、黒いサングラスをかけていた。どこから見ても物理学者には見えない。

「別にお呼びがかかったわけじゃない。所轄からそういう情報が入ったんで、気になって調べることにしただけだ」ハンドルを操作しながら草薙は答えた。

「所轄ではどう判断してるんだ」

「何とも判断していない。まあ強いていえば、単なる偶然と解釈しているようだ。事件そのものは自殺ということでほぼ決着している」

「自殺の点に疑いはないんだな」

「何もない。解剖結果からも疑わしい点は出てこなかった」

「自殺と他殺じゃ、首の締まり方に違いがあるというが」

「もちろんその点も問題なしだ」

「だったら、ほうっておけばいいじゃないか。君は殺人事件の担当だろう。毎日毎日、多くの人が殺されている。こんなところでドライブを楽しんでる暇はないはずだ」

「俺もそう思うんだけど、どうも引っかかってさ」

「君が引っかかるのは勝手だが、僕まで巻き添えにしてほしくはないね。学生たちの出来の悪いレポートを採点する仕事が残ってるんだ」

「まあそういうな。俺がこの手の事件に興味を持つようになったのは、おまえの影響を受けたからなんだからな。オカルトめいたことを科学的に解き明かそうとすると、意外な真理が見えてくる、というわけだ」

「君から科学的とか真理とかいう言葉を聞くと、二十一世紀に期待を持てそうな気がするから不思議だ」

草薙の運転するスカイラインが現場に到着した。幹線道路に面して、背の高いマンションが並んで建っている。

「さて、どっちから当たる？」車を降りて、草薙は二つの建物を見比べた。向かって左側の茶色の建物に瀬戸富由子が自殺した部屋があり、右側の白い建物に富由子の不倫相手が住んでいる部屋がある。予知少女も白い建物のほうだ。

「どっちでも。君の好きなほうでいい。僕は車で待っていたいぐらいなんだ」

「よし、予知少女のほうから当たろう」湯川の腕を摑み、草薙は歩きだした。

七〇五号室は飯塚という名字だった。一階の正面玄関にあるインターホンに向かって草薙が名乗ると、ちょっと間があって、「どうぞ」という声と共にオートロックのドアが開いた。

「予知少女への謁見が許可されたようだな」エレベータの中で湯川がいった。

「どうでもいいけど、そのサングラスを取ってくれ。刑事の俺が親しみを出そうとしてるのに、おまえがぶちこわしてどうする」

「予知少女なら、人間の本質を見抜く力も備わってると思うがね」そういって湯川はサングラスを外し、本来の金縁眼鏡にかけかえた。

七〇五号室に行くと、二十畳はありそうなリビングルームに通された。隅にピアノが置いてある。大理石のテーブルを囲うように並んだソファに、草薙は湯川と共に座った。

彼等を案内してくれた女性は飯塚朋子といった。夫と娘との三人家族らしい。夫は都内の某有名レストランでシェフをしているということだった。

「何か問題になっているとか、そういうことではないんですけど、もう一度確認をしておきたくて伺いました。お忙しいところ、本当にすみません」草薙は改めて頭を下げた。

「何だか余計なことをお話ししてしまったみたいですね。私共が気にしないでいればよかったんでしょうけど……。主人からも、そんなことを警察の人に話したら、却って手間をとらせることになると叱られました」

「いえ、どんなことが手がかりになるかわかりませんから、何でも話していただけるのが一番です。ところで、お嬢さんはずっと家にいると聞いたんですけど」

「はい。今もおります。生まれつき心臓が悪く、入院と退院の繰り返しなんです」

「そうでしたか。会わせていただけますか」

「それはかまいませんが、どうかあまり刺激的なことは口にしないでいただきたいんです。今もいいましたように身体の弱い子で、ちょっとしたことで発作を起こすこともあるものですから」

「それはよくわかっております。気をつけます」

「それからもう一つ、お願いがあるんですけど」

「何でしょう」

「うちの娘のことは、決してマスコミなどに話さないでもらいたいんです。事件を予知したとかいって、妙に騒がれると困りますから」

ありそうなことだった。少女が予言していたことを知ったら、マスコミは間違いなくこの家に押し掛けるだろう。

「わかりました。決してマスコミには話しません。お約束します」

「お願いします。ではこちらへ」

飯塚朋子に案内され、草薙たちは廊下の奥にある部屋の前まで行った。そこで一旦朋子だけが中に入った。少ししてドアが開いた。どうぞ、と彼女はいった。

中は八畳ほどの洋室だった。花柄のかわいい壁紙が張られている。窓際に木製のベッドが置かれ、そこに十歳ぐらいの女の子が寝ていた。少女は母親に助けられ、上半身を起こした。長い髪が茶色がかった、色の白い女の子だった。

「こんにちは」と彼女はいった。

こんにちは、と草薙も応じた。湯川はただ頭を下げ、ドアのそばに立っている。彼が小さな子供を苦手にしていることを草薙は思い出した。

「怖いものを見たそうだね」ベッドの脇に立ち、草薙は尋ねた。

少女は彼を見上げ、こっくりと頷いた。

「いつ？」

「今週の火曜日の夜。でも、もう十二時は過ぎてたかもしれないから、水曜日かも」

火曜から水曜に移る深夜ということらしい。事件発生の三日前ということになる。

「どんなふうに見たんだい？」

「夜中に目が覚めちゃったから、星を見ようと思ってカーテンをめくったんです。そうしたら向こうの建物の部屋で、女の人が変なことをしているのが見えました」

「どの部屋？」

「あの部屋です」少女はそばのカーテンをめくり、窓の外を指差した。

草薙は腰を屈め、彼女の細い指の先を見た。緑色のカーテンがかかった窓が見えた。

「変なことって、どんなこと？」

「だから、鉄棒みたいなところに紐を結んで、その紐の先に輪を作って、そこへ首を通して……」その後はいい淀んだ。

「それから？」

草薙が促すと、少女はうつむいた。

「そのまま台みたいなところから飛び降りたみたいに見えました」

草薙は湯川のほうを振り返った。湯川は表情を変えず、片方の眉を動かした。

「その後は？」草薙はさらに少女に訊いた。

「その後は……よくわからない」

「わからないって……」

「あのう、この子がいいますには、あまりのことにびっくりして、そのまま気を失ってしまったようなんです。それで、私共がこの子からこういう話を聞きましたのも、翌日の朝になってからだったんです」飯塚朋子が助け船を出すように横からいい添えた。

「そういうことですか。それで、御両親はどのように対処を？」

「話を聞いてびっくりしてしまい、すぐにその部屋を見ました。娘のいうことが本当なら、急いで警察に連絡しなければなりませんから」

「すると、どうだったんです」

草薙が訊くと飯塚朋子は小さく吐息をつき、首を振った。

「見たかぎりでは、あの部屋でそんなことがあったとは思えませんでした」

「首つり死体などなかったということですね」

「そうです。それどころか、あの部屋の女性は、元気そうにベランダに出ていました。携帯電話をかけているところだったらしく、笑っているのも見えました」

草薙は少女に訊いた。「君もその女性を見たの？」

少女は頷いた。

「前の夜に見た、首を吊った女性と同一人物だった？」

「だと思う」

「ふうむ」草薙は腕組みをし、微笑んで見せた。「たしかに不思議な話ですね」

「この子が夢を見たんだと思います。よくあるんです。夢で見たことを現実とごっちゃにして、私たちに話すことが」

「あれは夢じゃなかったと思うけどな」少女が細い声で呟いた。夢でないと断言するほどの自信はなさそうだった。その翌日に女性が生きていたのだから、首つり自殺が現実でなかったことは認めているようだ。

やはり夢だったのか。だが現実と夢がこれほど一致するなどということがありうるのか。夢でないとしたら、少女が見たものは何だったのか。

草薙は再び湯川を見た。「何か質問することはないか？」

湯川はドアにもたれて少し考えた後、「女の人の顔や服装まではっきりと見えたのかな」と質問した。

「見えました。赤い服を着ていたと思う」少女は答えた。

「なるほど」湯川は頷き、草薙を見た。

「もういいのか？」

「ああ、いいよ」物理学者はあっさりと答えた。

この後、少女を残して三人はリビングルームに戻った。草薙は飯塚朋子に、隣室の菅原直樹についていくつか質問した。しかし朋子は殆どまともに答えられなかった。付き合いは全くといっていいほどなかったらしい。

彼女に礼を述べ、草薙は湯川と共に部屋を出た。

5

「どう思う？」マンションを出てから草薙は訊いた。

「君はどう思うんだ」逆に湯川が訊き返してくる。こういう受け答えはいつものことだ。

「よくわからんな。でも、あの女の子を見てると、そういうこともあるのかなあって気がしてくる。ほら、身体の弱い人は、その分、勘が鋭いっていうじゃないか」

「つまりは予知夢だったと思うわけだ」

「そうかもしれない……と」

「だったらそれでいいじゃないか。あの少女は向かいに住む女性の自殺を予知した、現実もそのとおりになった——それでいいじゃないか。何も問題はない」そういうと湯川は車に向かって歩きだした。

「おい、どこへ行くんだ」

「帰るんだよ。予知夢ということで決着したんだから、僕の出る幕はないだろ」

この男はどうしてこう偏屈なのかと思いながら草薙は彼に近づき、さっきと同じように腕を摑んだ。

「俺たち一般人は、すぐに神秘的な方向に流されるんだよ。それを食い止めるのが科学者の仕事だろ。さあ、いくぜ」草薙は彼の腕を引っ張りながら歩きだした。今度は左側の茶色いマンションに向かった。

所轄を通じて頼んであったので、管理人室で瀬戸富由子の部屋の鍵を借りるのは簡単だった。実質的な第一発見者である管理人は、今もまだあの部屋に近寄るのは気味悪そうだったので、草薙は湯川と二人で部屋に行くことにした。

「予知夢というのは確率の結果ともいえるんだ」部屋に向かう途中で湯川がいった。「君はふつう、人は一晩でいくつくらい夢を見ると思う?」

「さあ。考えたこともないな」

ふん、と鼻を鳴らしてから湯川はいった。

「夢を見るのはレム睡眠の間だ。このレム睡眠期は一晩に五回ほど訪れる。その間に、かなり多くの夢を見ている。その中にさらにいくつもの話題が含まれている。そして人は夜になるたびに眠る。すると、ある人がたとえば一か月の間に夢によって獲得するエピソードは、膨大な数にのぼることになる。そうなれば、その中には現実の出来事と似通ったものがあっても不思議ではない」

「だけど俺はめったに夢を見ないぜ。見ても、せいぜい一つだ」

「それは夢の大部分を忘れているからだ。覚えているのは、目覚める直前に見たものなんだ。だけど忘れた夢の内容を思い出すことがある。その一つが、現実に似たような出来事が起きて、それに触発された場合だ。あっ、これはいつか夢で見たことがある——そんなふうに思い出すのさ。同時に、現実には起きなかった膨大な夢のことは忘れ去ってしまう。というより、夢を見たことさえ記憶していないんだ。君のようにね」

「だけどさっきの女の子は、実際に自殺事件が起きる前に予知しているんだ。事件によって、夢の内容を思い出したわけじゃない」

「そうだったな。そこで次の候補として上がるのが、予言者のテクニックだ」

「どういうことだ」

「まず、たくさん予言をするのさ。夢で見た内容を、できるだけたくさん人に話す。飯塚さんもいってただろう。この子は、夢で見たことを現実とごっちゃにして私たちに話すことが多いって」

「ああ、そういえば」

「たくさん予言すれば、中には当たるものも出てくる。予言者はそのことを強調する。すると聞かされたほうは、そのことばかりが印象に残って、ほかの外れた予言については忘れてしまう。インチキ予言者がよくやるテクニックだ」

「あの子がそんなテクニックを使ったというのか」

「意識的に使ったとはいわない。結果的にそうなってしまった可能性はあるといっているだけだ」

話しているうちに瀬戸富由子の部屋の前に着いた。草薙は合鍵を使ってドアを開けた。

室内は所轄が調べた時のままになっていた。とはいえ、さほど調べることもなかったというのが、所轄からの報告だった。

広さは十畳あまりというところか。小さなキッチンがついたワンルームだ。収納家具が壁に並べられ、整理が行き届いている。ベッドはダブル。この上で何度かは菅原直樹との情交にふけったのだろう。

ベッドの横にパイプハンガーが立っていた。少女がいったように、鉄棒のような形をしている。ぶらさがり健康器具というものが昔あったことを草薙は思い出した。あれにも似ている。

幅は六、七十センチというところか。パイプの太さは五、六センチ。縦のパイプをスライドさせることにより、高さを変えられるようになっている。自転車のサドルの高さを変えるのと同じ原理で、内側のパイプにいくつかの穴が開いており、外側のパイプに開けられた穴と合わせてネジを通す方式だ。

今は最大の高さになっているようだ。ハンガーをかけるパイプは、床から二メートルほどのところにある。

「紐が見当たらないな」湯川がいった。

「所轄の鑑識が持ち帰ったよ。洗濯用のビニール紐を短く切ったものだったらしい」

「つまらないことを確認するようだけど、首についている跡とも一致したんだろうな」

「もちろんだ。警察を馬鹿にするな」

絞殺死体と首つり死体では、首につく跡は全く違う。法医学の基礎だ。

湯川は腕を伸ばしてパイプハンガーの上のパイプを摑むと、軽く体重をかけた。

「なるほど、意外にしっかりとしているものなんだな」

「死んだ女の体重は約四十キロ。まあ問題はないだろ」

「台に使ったのはそれかい？」湯川が足元に転がっていたドレッサー用の椅子を指した。

「そうらしいな」と草薙は答えた。報告書にも、そう書いてあった。

湯川は考え込む顔つきで窓に近づき、緑色のカーテンを開けた。すぐ前に白い建物が見える。正面が菅原直樹たちの部屋で、その隣が飯塚家だろう。

「やっぱり、偶然の一致かな」湯川の背中に草薙はいった。

「そう考えたいところだけど、見逃せないことがいくつかある」

「というと？」

「あの子がパイプハンガーのことを、鉄棒みたいなものといったことだ。つまりあの子はパイプハンガーというものの存在を知らないんだ。女が首つり自殺をする夢を見たのはいい。だけど、鉄棒という全く関連のないものが、そこに登場してきたのが気になる」

「そういえばそうだな」

「一つ、推理ゲームといこうか」湯川はベッドに腰掛け、脚を組んだ。「女の子が見たのは夢ではなく現実だったとする。その場合、どういったことが考えられるかな」

「考えられるのは」草薙は立ったまま腕組みをした。「三日前にも女は首つり自殺を図っていた。だけど、その時は失敗に終わった、ということかな」

「君は飯塚さんの話を覚えてないのかい。翌日、女はにこにこして電話をかけていたんだ。自殺未遂に終わった人間の様子としては不自然じゃないか」

「それはそうだけどさ……」

「逆にいうと」と湯川はいった。「そんなに元気そうだった女が、その二日後に自殺を図ったというのも、また不自然ということになる」

あっ、と草薙は小さく声を漏らした。「たしかにそうだ」

「笑って電話をかけていた女と首つり自殺をした女——どちらが本当の顔だったんだろうな。今回の事件は、そこに鍵が隠されているような気がする」

「そりゃあもちろん首つりをしたほうだろう。冗談では自殺しないだろうからな」

草薙の言葉に湯川はかすかに変化を見せた。口元を引き締め、眼鏡の位置を直した。

「冗談で自殺、か。それが案外、真実に近いのかもしれない」

「ふざけるなよ、どこの世界に冗談で死のうとする者がいる」

「だったら、こういう言い方をしようか。冗談で首をつる。ただし、死ぬ気はない」

はっと草薙は息を飲んだ。考えもしなかったことだ。

「狂言か」

「ありえないことかい？」湯川が下から覗き込んできた。

「いや、充分にありうる」草薙は報告書の内容を思い出していた。「瀬戸富由子は、今すぐ奥さんと話をさせてくれなければ自殺するといって菅原を脅したんだ。菅原は脅しだと思い、いうとおりにしなかった。すると本当に瀬戸は首を吊ってしまったというわけだ。だけど考えてみれば、おかしな話なんだ。不倫相手の男に対して、苛立ちから死ぬといいだす女は多いけど、本当に死ぬ女なんか、ふつうはいない」

「ここに一つトリックがあるとする」湯川は人差し指を立てた。「それは首つりを図るけれども、本当には死なないというトリックだ。女は男を脅すため、そのトリックを彼の前でやってみることにする。だけど一つ問題があった。そのトリックには練習と準備が必要だった」

「そうか、それが事件三日前の首つりか」草薙は指を鳴らした。

「リハーサルだった、ということになるな」

「すると瀬戸富由子が死んだのは、自殺じゃなくて事故ということになるな。何らかの原因で、そのトリックが失敗したわけだ」

「ここまでの推理でいうと、そういうことになる」湯川が妙な言い方をした。

「だけどそのトリックというのはどういうものなんだ。何らかの仕掛けがあったのなら、鑑識が見つけていたはずだろ」

「当然そうだろうな。仕掛けがそのままにしてあったのならね」

「えっ？」草薙は湯川の顔を見返した。「どういう意味だ」

「警察が来る前に、誰かが仕掛けを回収してしまった可能性についていってるんだよ」

「誰かって……」

「トリックが瀬戸富由子一人によって作られたものでないことは間違いない」湯川は断言した。「女の子の話をもう一度思い出してみてくれ。深夜なのに、部屋の中がはっきり見えたといってただろう。つまりこの部屋のカーテンがひかれてなかったわけだ。瀬戸富由子は、リハーサルの様子を向かいのマンションにいる誰かに見せていたんだよ」

「あの部屋にいる人間となると、菅原直樹の妻の静子……」

「その人じゃ、仕掛けの回収はできないんじゃないか」

「それもそうだ。となると……」

草薙の頭の中で、事件関係者の名前がリストアップされた。死体の発見者はマンションの管理人と――。

「瀬戸富由子の首つりを管理人に知らせて、一緒に部屋に入ってきた男か。たしか、峰村という男で、菅原の後輩だ。その男が瀬戸に協力していたわけか」

「すべて推理だがね」

「いや、大いに考えられることだ。よし、峰村に当たってみよう。狂言自殺をそそのかして、結局事故死させたとなれば、峰村にも責任はある」

「草薙君」湯川が声を上げた。「早まらないほうがいい。話はもっと複雑かもしれない」

「何だって？」

湯川は立ち上がり、パイプハンガーに近づいた。それをしげしげと眺めてから草薙を見た。

「狂言自殺の失敗もまた計画通りだったかもしれない、といってるんだよ」

6

研究所を出たところで、後ろから肩を叩かれた。振り向くと同僚の阪田が笑っていた。

「例のER流体を使ったリハビリ装置、製品化が決まったそうじゃないか。よかったな」

「ああ、聞いたのか。早耳だな」峰村英和も笑顔で応じた。

「トレーニングマシンも売れ行き好調のようだし、おたくの部署は金星続きだな」

「まだどうなるかわからんよ」

「いやいや、リハビリ装置に目をつけるとは大したものだ。ER流体の応用範囲がこれほど広くなるとは思わなかった。峰村主任の出世は約束されたようなものじゃないか」

二人は駅に向かって歩きだした。

ところで、と阪田は声を落とした。

「宣伝部の菅原さん、やっぱり辞めるそうだぜ」

「へえ……」

「あんなことがあったんだから、会社には居づらいよな。でもあの人はいいよ。実家が財産家だから。何とか食ってはいけるんだろう」阪田の口調は世間話をする時のものだ。彼は菅原直樹が峰村の先輩であることを知らない。

愛人を作る時にはお互い気をつけなきゃな、と阪田はにやにやして続けた。

彼と別れた後、峰村は新宿に出た。多くの客がひっきりなしに出入りする喫茶店が、今日の待ち合わせ場所だった。

静子は奥から二番目のテーブルについていた。サングラスをかけているのは、やはり誰かに見られることを恐れてのものだろう。峰村が近づいていくと、かすかに微笑んだ。

「今日、出してきた」彼女が短くいった。

「出してきたって……」

「離婚届」

「ああ」峰村は小さく頷いた。「ようやく、という感じだね」

「次はあなたのほうね」

「そうだな」峰村はコーヒーをブラックのまま飲んだ。苦い味が口中に広がった。

彼が瀬戸富由子と会ったのは二か月ほど前のことだ。彼女のほうから会いに来たのだ。

　彼女は自分と直樹のことを話した上で、峰村と静子が不倫関係にあることを知っているといった。直樹の近所に引っ越して、彼の周辺を調べているうちに感づいたらしい。

「でも安心してください。今のところあたしは、直樹さんにお二人のことを告げ口する気はありませんから」富由子はビジネスライクな物言いをした。

　二人のことを話せば、あるいは直樹は静子との離婚を真剣に考えるかもしれない。しかしそれでは意味がないのだと彼女はいった。

「直樹さんにはあたしを選ぶために奥さんと別れてほしいんです。少なくとも、彼が離婚をいいだす一番の理由は、あたしのことでないと嫌なんです」

　常に自分が中心でないと気が済まない性格らしいと峰村は察した。

　だけど、と彼女は続けた。

「あたしがお二人のことを知っているということは忘れないでください。そうして、あたしの願いが早くかなうよう、いろいろと手を貸してください。あなた方だって、早く直樹さんが離婚をいいだしてくれたほうがいいでしょ。念のためにいっておきますけど、あたしのことを知ったからといって、静子さんが離婚をいいだすようなことはやめさせてください。そんなことになったら、あたしは直樹さんにお二人のことを話さざるをえなくなる。それは峰村さんにとって、嬉しいことではないはずよ」

　峰村に妻がいることも瀬戸富由子は調べていた。

「それからもう一つ。いうまでもないことだと思いますけど、直樹さんが離婚をいいだした時には、すんなりと承諾するよう静子さんにいっておいてくださいね。慰謝料なんかも請求しないよう忠告しておいてください。あのマンションから出ていくのは静子さんのほう。彼は残ることになります。それさえ守っていただければ、あたしはお二人のことはずっと黙っているつもりです」

菅原夫妻の双方が浮気をしているのに、それではそっちに都合がよすぎると峰村が抗議すると、彼女は意外そうに目を見張った。

「たしかにどちらも不貞を働いているわけですけど、直樹さんの相手であるあたしは独身です。でも静子さんの浮気相手のあなたには奥さんがいる。いわゆるダブル不倫というものです。それにこうしてお会いしなければ、あなた方は直樹さんに愛人がいることさえ知らなかったということです。あたしが彼にあなた方のことを話して、その結果彼のほうから離婚をいいだしていたら、静子さんは慰謝料を貰うどころか、逆に支払わなきゃいけなかったかもしれないんです。そのことを考えれば、感謝していただいてもいいくらいだと思うんですけど」

瀬戸富由子は恩着せがましくいったが、無論彼女なりの計算が働いていたに違いない。万一、自分と直樹の関係がばれて離婚問題がこじれるよりは、先に明かしてイニシアティブを握っておこうということだったのだろう。

もっとも、直樹には自分を選ぶために離婚してほしいという思いは本心だったようだ。そのことを峰村が知ったのは、狂言自殺のことを相談された時だ。

それまでにも彼は何度か富由子と会っていた。主な用件は情報提供だった。直樹が一向に離婚を切り出す気配がないことを聞き、彼女は苛立っていた。狂言自殺は、堪忍袋の緒が切れた末に思いついたことらしい。

「少しは脅かしてやらないとだめだと思うの。あたしのことを扱いやすい女だと思っているみたいだから」

そんなことはないだろうと思いながら、峰村は彼女の話を聞いていた。

彼女の企みは、今すぐに離婚を切り出さないと自殺するといって直樹を脅すというものだった。口だけでは信用しないだろうから、窓越しにその光景を見せる。それでも彼が本気にしない時には、実際に自殺を決行して見せる。

「もちろん、死ぬ気なんてないわよ。彼にショックを与えたいだけ。それで、死なないけど本当に自殺したように見える方法がないかなと思っているところなの。何かいい手はないかしら」

子供っぽい計画だった。瀬戸富由子という女は、仕事をしている時は思慮深く冷静だという評判を取っているが、こと恋愛となると自分を見失ってしまうところがあった。

この狂言自殺が成功するとは思えなかった。峰村は菅原直樹の性格をよく知っている。

彼の心はすでに富由子から離れているに違いなかった。富由子は逆上するだろう。激情にかられて、峰村と静子との関係を直樹にばらしてしまう恐れは大いにあった。

そうなれば直樹が激昂するのは目に見えていた。長年かわいがってきた後輩に裏切られたのだ。直樹はあらゆる手を使って峰村を破滅させようとするだろう。当然、峰村の妻にもすべてをぶちまけるに違いない。

もはや峰村にとって瀬戸富由子は災いの種子だった。いつ芽を吹き出すかわからない。一晩考えて出した結論は、芽を出す前に処分するしかない、というものだった。

「来週、引っ越すつもり」そういって静子はミルクティーを飲んだ。

「住むところは決まったの？」

「とりあえず実家に帰る。帰ってこいって、両親もいうから」

「それがいいだろうな。あのマンションはどうするの？」

「事件の記憶が薄れた頃を見計らって売りに出せばいいって不動産屋さんが。場所がいいし広いから、七千万ぐらいで売れるかもしれないってことだった」

「そう」峰村は頷いた。

今回の離婚で静子は、かなりまとまった額の慰謝料に加え、マンションと車を手に入れていた。月々の生活費も送られてくることになっている。瀬戸富由子が生きていたなら、何ひとつ得られなかったところだ。

何もかも計画通りだった。静子がいうように、あとは峰村がいかにして妻と離婚するかだった。

だがその最も大事な部分で大きく計画が崩れた。

昨日の夜のことだ。妻の紀子が峰村の前に数枚の写真を出した。彼女の表情は険しく、硬かった。

なんだ、と彼は訊いた。いいから見て、と彼女はいった。

彼は写真に手を伸ばした。数秒後、息を飲んでいた。顔面から血の気の引くのがわかった。

「これは……」

「探偵を雇ったのよ」紀子は平坦な声でいった。「最近のあなたの行動がおかしかったから。ううん、正直いうともっと前から疑ってた。ほかに女の人がいるんじゃないかって。そんな予感、当たってほしくなかったんだけど」

峰村は写真を見つめ続けていた。手が震えるのを止められなかった。

「相手の女性、菅原さんの奥さんでしょ。あんなにお世話になった先輩の奥さんをとるなんて、よくそんなことできるわね」

「待ってくれ、これにはいろいろとわけがあるんだ」

「そりゃあ、あるんでしょうよ。でも、今は聞きたくない。すべては裁判所で話して」

「裁判所？」

「太田先生に相談するつもり。あたしの手には負えそうにないから」紀子ははっきりした口調でいった。太田先生とは、彼女の父親が親しくしている弁護士だった。

「なあ、紀子、とにかく二人で話し合おう。裁判なんて、そんな……」

「浮気のことだけじゃないのよ」

「えっ……」

「話は浮気だけじゃないといってるの」そういって彼女は峰村の手許にある写真の中から一枚を摑んだ。「この女性、誰よ？　菅原さんの奥さんじゃないわよね」

峰村は答えられなかった。全身から冷や汗が吹き出した。

「探偵事務所の人がいってた。この人は先日自殺した女性だって。しかも菅原さんの愛人だった人よ。あたしも新聞を見て確認したわ。でも、どうしてあなたがその人と一緒にいるの？　写真はこれだけじゃないのよ。あなたがこの女性の部屋に入っていくところも撮ってあるわ。しかも、彼女が自殺する直前よ。どういうことなの？」

峰村は答えられなかった。専門の材料工学については次々とアイデアが出てくるのに、言い訳ひとつ思いつかなかった。

「あたし、今夜から実家に帰ります」写真を集め、紀子は立ち上がった。

峰村は何としてでも彼女を引き留めねばならなかった。しかし身体は動かなかった。

「明日、ドライブにでも行かないか」空になったコーヒーカップを見つめ、峰村は静子にいった。明日は土曜日だった。

「いいわね、でも人目につくのはまずいんじゃない？」

「うまくやれば平気だよ。伊豆あたりで一泊しよう」

「本当？　じゃあ、これから急いで買い物するわ。着ていくものが何もないんだもの。あなたと旅行なんて初めてだから、おしゃれしないと」静子は少女のように顔を輝かせた。

「うん、そうだな」峰村は微笑んだ。「精一杯、おしゃれするといいよ」

7

帝都大学理工学部物理学科第十三研究室。草薙がドアを開けると、白衣姿の湯川がパイプハンガーの高さを調節しているところだった。瀬戸富由子の部屋にあったのと同じものだ。

「おっ、やってるな」

「ちょうどいい、今準備が終わったところだ。実験の前にインスタントコーヒーでも飲むかい?」

「いや、結構。すぐにやってくれ」

「気の短い男だな」湯川は苦笑し、パイプハンガーを指した。「いいだろう。じゃあそのパイプにぶら下がってみてくれ」

「こうか」

草薙は両手を伸ばし、パイプハンガーを摑んだ。そのまま足を浮かせようとした。ところがそれと同時に摑んでいるパイプがゆっくりと下がり始めた。縦のパイプがスライドしているのだ。結局彼の足は床から離れなかった。

「なんだ、高さ調整のネジが外れているじゃないか」

「そのとおりだ。じゃあなぜ君がぶらさがるまで、パイプは上で止まっていたのかな」

湯川はにやにやしている。

「わかった。バネ仕掛けだ」

「それなら君が手を離すと同時に、パイプの位置が元に戻るはずだろう。でも見ればわかるように、パイプは下がったままだ」

「本当だな」草薙は片手をパイプに当て、さらに下に向けて力を加えた。殆ど抵抗なく、それはスライドした。「どういうことだ」

「仕掛けはこれだよ」

湯川が作業台から取り上げたのは、長さ数十センチの棒だった。真ん中のあたりで太さが変わっており、太い部分の直径は約五センチ、細い部分は約三センチというところか。

「何だい、それ。何かのピストンか」

「ダンパーというものだ。そっちからちょっと押してみてくれ」そういって湯川は棒の細い部分の先端を草薙のほうに向けた。

草薙が指先で押すと、細い棒はゆっくりと太い棒の中に入っていった。

「トコロテンを突いてるみたいだな」

「振動を吸収する装置だよ。これのシリンダーを単に動かすだけなら、さほど大きな力はいらない。でも速く動かすことはできない。中に液体が入ってるんだけど、その液体の粘性を利用している。水の中で動こうとすると、外にいる時よりも動きが鈍くなるだろ。あれと同じだよ」

「そのダンパーというのが、このパイプハンガーに仕掛けてあるのか」

「縦のパイプに仕込んである。ごく弱い力なら変化はないが、体重をかけたりするとシリンダーが引っ込んでパイプが下がるというわけだ」

「ははあ」草薙はパイプハンガーを見た。「瀬戸富由子はそれを利用して菅原を脅かそうとしたわけだ。パイプに紐をかけて首つりをする。ところが首がしまるより先にパイプが下がるものだから、足が床について死なないということか」

「悪戯としては面白いトリックだと思うよ」湯川はいった。「向かい側の窓からだとベランダが邪魔になって足元が見えないだろう。足が床についているのは隠れるわけだ。実際にはパイプがスライドしているんだけど、離れていると、なかなかそこまでは気づかないものだ。見ているほうは気が動転しているだろうしな」

「事件の三日前に女の子が目撃したのは、その実験が見事にうまくいった時の様子だったんだな」

「たぶんそうだろう」湯川は頷いた。

その夜、菅原直樹が出張で留守だったことは確認済みだ。おそらく峰村は菅原家に行き、富由子のリハーサルの観客になったのだろう。当然静子もグルということになる。

「だけど、これをどう失敗させる？　おまえの推理では、峰村が意図的に失敗させたということになるんだろ？」

「そこにこそ、峰村の本領が発揮されているんだよ」湯川はパイプハンガーの高さを、元のように一番上に伸ばした。「よし、もう一度ぶら下がってみてくれ」

「同じことをするのか」

「そうだ」

「そんなことして何の意味があるんだよ」

「いいから、パイプに摑まれよ」

「おかしなことをさせやがる」

草薙は先刻と同じように両手で上のパイプを摑んだ。さらに足を浮かせようとした。どうせまたパイプが下がるんだろうと思った。

ところが結果は違った。彼が膝を曲げると、足先は床から浮いたのだ。パイプは全く下がらない。

「えっ、どういうことだ」

「そのままでいろ」そういうと湯川は手許にあった何かのスイッチを押した。

わっ、と草薙は声を上げた。パイプがさっきと同じように下がり始めたのだ。

「どうなってるんだ」パイプハンガーから離れて草薙は訊いた。

「じゃあ、今度はこっちだ」湯川は例のダンパーの先を草薙のほうに向けた。「押してみてくれ」

草薙は指を添えて押そうとした。だがシリンダーは全く動かなかった。その気配すらない。すると湯川がダンパーの横にあるスイッチを押した。たちまちシリンダーはスムーズに動きだした。

「どういう仕掛けなんだ」

「ＥＲ流体だよ」

「イーアール？」

「正式にはエレクトロレオロジー流体だ。電圧を加えることによって粘性が変わる特性を持った液体のことをいう。わかりやすくいうと、通常だと牛乳のようだが、少し電圧を加えるとクリームのようになる。さらに電圧を加えると凍ったアイスクリームのようにかちんこちんになるというわけだ」

「それで？」

「さっき、ダンパーの中には液体が充塡されているといっただろ。その粘性を利用していると。ふつうのダンパーはそれだけのものだが、このダンパーは中にそのＥＲ流体を入れてあるんだ。さらに電圧を加えられるようにもなっている。するとどうなるか。今君が体験したように、スイッチひとつで、全く縮まない棒に変化してしまうんだ」

「じゃあ、あのパイプハンガーにも同じ仕掛けが使われたわけか」

湯川は作業台に腰を載せ、腕組みした。

「峰村英和はＥＲ流体に関しては多くの特許を出願している。いわば彼にとっては得意技なんだ。僕の推理はこうだ。瀬戸富由子にはふつうのダンパーを仕込んだパイプハンガーだと説明して、狂言自殺の方法を伝授する。ところが本番になると、彼女が首つりを決行する直前、電波などの遠隔操作でダンパーに電圧をかける」

「パイプは下がらず本当の首つり自殺になってしまう、というわけか……」

「仕掛けは管理人がいなくなった隙に回収したんだろう。御覧のとおり、かさばるものじゃない。警察が来るまでに隠すのは難しくない」

「なるほどなあ」草薙は唸った。「推理は完璧、というところだな」

それを聞き、湯川は薄く笑った。

「証拠は何もないからな。峰村が犯人だと仮定しての話だ。あの女の子が見たものが、予知夢でなく現実だという前提から導いただけだ。動機も見つからないんだろ」

草薙は頷いた。渋い顔になるのが自分でもわかる。

「瀬戸富由子と峰村の間に、繋がりが見つからん」

「じゃあ諦めるんだな。僕にできるのはここまでだ」

「いや、俺は諦めないよ。おまえの推理を聞いて確信を持った。どんなに時間がかかってでも、真相を明かしてやる」

8

飯塚朋子が郵便物を取って七階まで戻ってくると、エレベータの前で菅原静子が待っていた。ふだんは殆ど言葉を交わさないが、これでは無視するわけにもいかなかった。

「あっ、こんにちは。御旅行ですか」

朋子がこう尋ねたのには理由がある。菅原静子が大きなバッグを提げていたからだ。身なりにも化粧にも、いつもより気を遣っているように思われた。

「ええ、ちょっと伊豆のほうへ」

「ああ、そうですか。それはいいですね」

失礼しますといって菅原静子はエレベータに乗った。

うちは当分旅行は無理だろうと朋子は思った。娘の病気を治すことが先だ。

自宅に戻ると、彼女は真っ先に娘の部屋へ行った。

「お帰りなさい」娘は天使の笑顔で声をかけてきてくれた。

「よく眠れた？」

「眠ってたけど、起きちゃった」

「そうなの」

「おかあさん、また変な夢を見た」

娘の言葉に、朋子はちょっと憂鬱になった。先日の自殺事件が頭から離れないのだ。

だがそれを顔には出さずに訊いた。「どんな夢？」

「隣のおばさんが出てきた」

「隣の？」たった今見た、菅原静子の整った顔を思い出した。

「あのおばさんがね、落ちていくの」

「落ちていく？」

「うん。男の人と二人で、深くて暗い、谷みたいなところに落ちていくの」

不吉な予感が朋子の胸中をかすめた。しかし彼女はそれを振り払った。

「もう忘れて眠りなさい」そういって娘に布団をかけた。

解説

三橋　暁

オカルトとミステリの間には、深くて暗い河がある。って、その昔どこかで聴いた曲の歌詞みたいだけれど、この両者の遠くて近い微妙な関係を表現するには、まさに言い得て妙である。

お待たせしました。〈探偵ガリレオ〉シリーズの最新刊をお届けする。東野圭吾の読者ならびに熱心なミステリ・ファンならすでにご存知のように、本書は先行する『探偵ガリレオ』（一九九八年五月文藝春秋刊・現在文春文庫）に続くシリーズの第二集『予知夢』（二〇〇〇年六月文藝春秋刊）を文庫化したものである。

先に文庫になった『探偵ガリレオ』の帯には、「刑事は奇怪な事件を抱えて天才物理学者の扉を叩く」とあったが、そのわずか二十三文字のコピーが、この連作推理の内容を見事に言い表している。すなわち、現代のオカルトとしか思えない奇妙な事件に手を焼く警視庁捜査一課の草薙《くさなぎ》刑事が、友人の物理学者湯川の協力を得て、次々事件を解決していくのである。

すでに『探偵ガリレオ』をお読みになった読者にはお馴染みだろうが、まずは湯川と草薙のコンビについて、簡単に紹介しておこう。シリーズのホームズ役である湯川学は、帝都大学理工学部の助教授で、大学では物理学を教えている。人はその才能に敬意を表し、近代自然科学の父ガリレオの名で彼を呼ぶ。天才的ともいえる閃きと抜群の記憶力で、草薙が頭を悩ます難事件の数々を解決へと導く。

冷静沈着を絵に描いたような人物で、シニカルな横顔をのぞかせているが、時に友人の草薙をからかうちゃめっ気もある。また学生時代バドミントン部のエースだったという彼は、いまだ日々の鍛錬を怠らず、今でも学者らしからぬ俊敏さと体力を維持している。ちなみに、湯川のモデルは俳優の佐野史郎だという。

一方、湯川の友人である草薙俊平は、シリーズのワトスン役である。帝都大学で社会学を学んだのち、警察官になった。学生時代は湯川と同じバドミントン部に所属し、湯川とは仲が良かった。学生時代は人の良さが取り柄のひとつと思われていたが、現在の仕事に就いて、ずいぶんと人が悪くなったという評判もある。

ふたりは、忙しさからしばらく疎遠だったが、シリーズ最初の事件で草薙が湯川に相談したことから、かつての仲が復活した。お互いに独身である気楽さから、草薙は難事件に遭遇するたびに、湯川のいる帝都大学理工学部の研究室を訪ねる。

ところで、冒頭のイントロにも掲げたように、この〈探偵ガリレオ〉シリーズのキーワードは、まさにオカルトとミステリである。

オカルトにしてもミステリにしても、それにまつわる謎は、かかわる者の好奇心をかきたててやまないが、その本質は両者の間でまったく異なる。かたや、オカルトの謎は神秘主義や超自然といった方向に拡散していくのに対して、ミステリの謎は合理性をもって解決へと導かれることによって収束へと向かう。両者のベクトルは、まったく正反対の方角を向いているのだ。

しかし、それでいてシンクロする部分も少なくないのは、どちらにおいても一瞬にして日常が非日常に変わってしまうという現象が起きるという点で共通項があるからだろうか。ミステリの要素はさまざまな形で怪奇小説にも取り込まれてきたし、謎の幻想性や怪奇性をメインテーマにかかれたミステリも数多くある。オカルトとミステリのクロスオーバーは、エンタテインメントの世界におけるひとつの定石と言っていいかもしれない。

そういう意味で、この〈探偵ガリレオ〉シリーズも、オカルトとミステリをジャンルミックスし、見事なクロスオーバーを実演してみせたというだけでは、ミステリ・ファンの間でこれほどの評価を得られなかっただろう。しかし、このシリーズには、実は単なるジャンルミックスの成功例に留まることのない、強力なセールスポイントがあった。それは、科学のロジックである。

作者の東野圭吾は、ご存知のように一九八五年、第三十一回江戸川乱歩賞に投じた「放課後」が同賞に輝き、作家生活をスタートさせた。その後の活躍ぶりについての紹介は他の機会に譲るとするが、本格ミステリ、サスペンス、ユーモアものと、その多彩な作風を使い分ける作家活動の中でも、ひときわ目立つ、あるひとつのコアになる要素があった。それが、科学である。

東野圭吾の作家としてのキャリアを振り返ると、大阪府立大学の電気工学科を卒業し、エンジニアとして勤務していたという前歴に少なからず関係していると思われる足跡がしるされている。スキーのジャンプ競技を題材に、科学的にスーパー・ジャンパーを生み出そうとする極秘計画を描いた『鳥人計画』(一九八九年・新潮社)、世界初の脳移植手術を受けた男の悲劇を描いた『変身』(一九九一年・講談社)、クローンをテーマにした『分身』(一九九三年・集英社)と、作者の科学に対する並々ならない興味は、ビブリオグラフィーのあちこちから窺うことができる。

もうお判りだと思う。そんな作者のバックグラウンドである科学に対する思いがもっとも色濃く出たのが、この〈探偵ガリレオ〉のシリーズである。オカルト現象としか思えない謎をロジカルに解き明かしていくだけのミステリなら、いくらでも先例がある。

このシリーズのきわめて斬新なところは、大胆にもそこに科学というテーマを持ち込んだことである。

と書いても、懐疑的な思いに囚われる読者もあるやもしれない。かくいうわたしも、最初このシリーズを手にしたときに、ちょっとした危惧がなかったわけではない。ミステリ、オカルト、そして科学という組み合わせから、暗がりにぼんやりと浮かぶ幽霊の姿に強烈なスポットライトを浴びせるような無粋な小説作法を連想したからだ。

ややもすると、合理性、客観性という科学の理性的な側面は、ミステリ本来の面白さを損なってしまう恐れがないではない。どんなに緻密な科学的理論に裏打ちされたトリックが使われていたとしても、論理のアクロバットなり、意表をついた展開なり、謎と解明の間に読み手を興奮に陥れるスリルがなくては、ミステリとしては台なしだろう。そこが、科学の専門書とエンタテインメントの大きな違いであり、難しいところである。

そのあたりの高いハードルを、〈探偵ガリレオ〉シリーズは、いともた易く飛び越えてみせる。幽霊の正体見たり枯尾花とはよく言われるけれど、このシリーズにおける科学のロジックの介入は、決して読者を白けさせたりはしない。それどころか、時にちょっとした感動を与えてくれるのである。

その秘密は、作者がこのシリーズの切り札である科学のロジックを、触媒として用いることに徹しているからだろう。連作のなかで使われる科学のロジックは、あくまでオカルトとミステリというふたつの大きなモチーフを結びつけるための手段に過ぎない。科学のロジックという手段に溺れることなく、自らの小説作法を駆使する作者からは、真の意味での懐の深さを感じることが出来る。

さて、本作『予知夢』についても触れておこう。先に書いたとおり、本書はシリーズの二巻めにあたる。先の『探偵ガリレオ』でも、自然発火現象（「燃える」）、突如として池のほとりに出現したデスマスク（「転写る」）、心臓だけが腐った死体（「壊死る」）、海上における謎の爆死（「爆ぜる」）、幽体離脱（「離脱る」）と、とびきりの超常現象を思わせる謎を用意した作者だったが、この『予知夢』では、さらに前作に輪をかけた不可解な謎が用意されている。

ここであまり詳しく解説する余裕はないが、一例として冒頭の「夢想る」を簡単に紹介しておくとしよう。十六歳の少女の寝室に侵入し、物音に気づいた母親に猟銃を発砲されて捕まった男が、自分は十七年前から少女と結ばれる運命にあったと警察に供述する。家宅侵入については、少女からの招待の手紙をもらったと主張し、やがてそれを裏付ける証拠もあがる。捜査は暗礁に乗り上げ、困った草薙は、湯川に協力を要請する。ありきたりのストーカー事件と思いきや、やがて男の供述から超常現象としか思えないシチュエーションが浮かび上がり、さらにはそれに合理的な回答が与えられ、そして最後はロマンチックな余韻とともに物語の幕が降りる。これは、もう短編ミステリの白眉と呼ぶにふさわしい。そして、驚くなかれ、この『予知夢』には、このクラスの出来の作品が、いくつも収められているのだ。

また、これは詳しくは書けないのだが、オカルトとミステリの関係を一気に暗転させる読者の意表をついた展開も用意されている。『白夜行』や『片想い』といった話題作や、『秘密』などの映画化作品の陰で、やや目立たないきらいはあるが、それらに負けないこの『予知夢』のクオリティの高さは、特筆に値する。本当に侮れない作品集である。

とここまで書いたところに、ニュースが飛び込んできた。「オール讀物」二〇〇三年六月号から連載の始まった「容疑者X」で、いよいよ湯川助教授は長編デビューを果たしたようだ。連作推理という枠を飛び出した探偵ガリレオが、どういう活躍を見せるのか。今後の連載の行方を興味津々で追いたい。

（評論家）